走出趙家的蔚遲，按著額頭緩步前行，臉色慘白，神色冰涼。

剛才恢復的那一瞬間，他竟然覺得，倒不如不好。

「蔚遲。」莫離在後面叫住了他，她的聲音顯得有些僵硬。

蔚遲停了下來，但沒有回身。

「我並不求你現在就接受我——」

「對不起。」

莫離苦笑，還真是一點餘地都不給啊。

第五章

雲深不知處

1

半個月後。

趙莫離站在一棵美人樹下面，看著雪從天空中飄飄悠悠地落下來。朝她走來的韓鏡說：「怎麼不先進去，站外面不冷嗎？」

「還行。」

兩人走進一家畫廊，韓鏡又說：「這麼冷的天叫妳出來幫我選禮物，哥也很過意不去，等會兒想吃什麼，哥都請妳吃。」

莫離報了一家餐廳名，以浪漫和價高出名。

「那是情侶聚集地，求婚熱門場所，妳這是想在年前把終身大事解決了好過年？」

「不好意思，你想多了，我今天心情好，就是想吃貴的。」說完莫離嫣然一笑。

韓鏡卻沒從她心不在焉的表情上看出來心情好，對此他沒說什麼，只慷慨道：「行吧，我就當破財消災了。」

兩人買完畫出來，各自上了車，朝吃飯的地方開去，而莫離沒開多久，卻看到了夏初，提著一袋東西在路口攔計程車。她沒多想就停下了車，搖下車窗叫她：「夏初，要去哪兒？我載妳。」

夏初看到竟然是認識的醫生——「趙醫生，我要去郊區，很遠的。」

「沒事，上車吧，這邊不好久停。」

夏初沒再遲疑，上了車。莫離問清具體地址後，給韓鏡打了電話，告訴他臨時有事，大餐只能留著下次吃了。等她掛了電話，夏初不好意思道：「趙醫生，害妳把約會取消了，對不起啊。」

「這有什麼，飯隨時可以吃。還有，在外面就不用叫醫生了，叫我名字就行，我叫趙莫離。」

「那我叫妳……離離姊吧？」

「行啊。」

等車開到養老院，雪下得正大，如絮紛飛。

因為莫離在車上問明了夏初是來看唐小年的奶奶後，她沒有馬上離開，而是下車同進了養老院。而她怎麼也沒想到，竟然會因此碰到蔚遲。

在她走進唐奶奶房間的時候，就看到了長身而立站在床尾處的蔚遲。她的呼吸不禁一頓，下意識就握緊了手。

蔚遲轉過頭來，距離上次他說完那番話離開，也才過去十幾天而已，莫離卻有種恍如隔世的感覺。

「小年，是離離姊送我過來的。」

莫離聽到夏初的聲音，才覺自己像傻瓜一樣傻站著不動，她見蔚遲依然看著她，便轉開了頭。

唐小年對趙莫離一直挺敬重的，哪怕她看起來比他大不了幾歲。「謝謝妳，趙醫生。」

莫離對唐小年一笑說：「路上夏初已經跟我道了好幾次謝了。」

隨之她發現唐奶奶的狀況似乎不太好，正絮絮叨叨說著話：「雲深哥哥什麼時候來呢？佩姨說雲深哥哥今天會回來，可都這時候了，怎麼還不來呢？」

唐奶奶雖然已是白髮蒼蒼，但眼睛依然黑白分明，清透明亮。

唐小年抓住奶奶的手，問：「奶奶，雲深是誰？」

老人卻沉浸在自己的世界裡。「雲深哥哥終於來了，我要去把含笑送給他，希望他喜歡。」

「奶奶。」唐小年又喚了一聲，老人卻始終沒回他的話。

莫離走到唐小年身邊說：「奶奶是阿茲海默症患者吧，她說什麼，就盡量順著她說吧，別讓她感到焦躁不安。」

唐小年說了聲謝謝，又跟奶奶說：「奶奶，妳跟雲深哥哥說什麼了？」

「雲深哥哥喊我起月。」老人就像小女生一般，露出開心滿足的笑容。

起月？雲深？

莫離隱隱覺得自己在哪裡聽人提到過這兩個名字，但一時又想不起來。

「好，起月，今天妳穿得那麼漂亮，我們拍張照好嗎？」唐小年哄道。

老人卻搖頭。「不拍不拍。」

莫離想老人的醫生應該都關照過要注意的地方，她也不再多說，看小年和夏初一門心思地陪著老人聊天，本來就不欲久留的莫離告辭。

夏初說：「離離姊，妳這就要走了嗎？妳送我過來連飯都沒吃，在這邊吃了再走吧？」

「不了，我還有事。」

有事要走，夏初也不好再留人，而唐小年再度道了聲謝。

在莫離走出房間時，她聽到唐小年跟蔚遲說：「老闆，對不起，今天讓你白來一趟了。」

「她情況好轉了，你再打電話給我。」

熟悉的聲音敲入心臟，有些許不好受，莫離卻習慣性低頭笑了下。

走出養老院時，莫離因為心神恍惚，腳下打滑差點摔倒，幸好身後有人扶住了她，她剛要道謝，就又聽到了那道耳熟的聲音：「小心點。」

她抽出手臂，平心靜氣地道：「不勞蔚先生費心。」

走出沒幾步，莫離想起什麼，又回身走到蔚遲面前。

她從包裡拿出一張支票遞給他。「蔚先生，我沒有幫你付那麼多錢。」

蔚遲皺眉，似乎不知道該怎麼回覆她。「當是付妳買的手機還有衣服……多餘的，妳買吃的吧。」

二十多萬買吃的，當她是豬嗎？

「我一共替蔚先生支付了三萬五千六百八十二點六元，麻煩蔚先生轉到我支付寶，帳號就是我的手機號碼，如果已經刪了，那我再報一次——」

「不用。」

「那好。」省了點時間。「還有玉珮，我想請蔚先生還給我。抱歉，送出去的東西還討回來。如果你沒帶在身上，那麻煩你寄——」

「我帶在身上。」蔚遲從長外套的口袋裡拿出玉珮，莫離伸手去拿，他緊了緊手，最終還是鬆開了。

玉珮上還有溫度，莫離默默捏緊了，隨後她把支票塞給了他，也終於對他露出笑。「好了，蔚先生，現在我們兩清了，你對我沒有想法，你也不用擔心我會對你念念不忘，我趙莫離最大的優點大概就是看得開。」是不是說得過分了？好歹是救命恩人，買賣不在仁義在……

但對方似乎並不介意，她想，那再好不過了。

等莫離終於回到自己車上，看著外面一片白茫冰涼，覺得真像她心情的寫照。在深呼吸了三次後，她才發動車子離開。等她回到家，為了不亂想，她又跑去書房找書看。

也因此在看到她爺爺的照片時，她終於想起來，自己聽誰說到過起月和雲深了。是她爺爺，她爺爺年輕時曾收留過雲深。

她記得沒錯的話，他叫唐雲深。

2

甲申年，暮春。

唐雲深留法十年後，第一次回到上海，家裡派了洋車來接。車行一路，所過的街道陌生又熟悉。

管家唐蔭道：「少爺，太太已經差人去買了您最愛吃的栗子粉蛋糕了，您回去就能吃到啦！」唐蔭叨叨地說著，難掩高興。「太太說您從小最愛過生日，還有十來天就是端陽，一定要給您把上海未婚的名媛們都請來！」

唐雲深默默地聽著，他記得自己是過完了十七歲的生日後，漂洋過海負笈遊學

的。十年了，那次生日的場景還歷歷在目。

彼時，他還是一個少年，揮金如土，飛揚意氣，全然不知國難將臨，國土將喪。十年在外，家國之感莫名地就刻骨起來。

車子進入衡山路，兩邊的法國梧桐依然是當年的樣子。

「家裡還好吧？」

唐蔭看了他一眼，思索片刻才道：「老爺太太都安好，只是年年日日都盼著您回來。」

到了家，唐太太顧佩英第一個衝過來，拉著雲深噓寒問暖，恨不能把十年沒講的話一次都說盡了，又是親自削水果，又是餵栗子粉，直把他當成了七歲小孩。

「長大了。」一個略帶沙啞的聲音響起。

唐雲深這才抬頭，看到了父親唐永年。

唐永年已經半頭白髮。想想，他不過也就五十出頭。唐雲深很少跟父親說話，他從小要什麼還沒開口，顧佩英就會在第一時間送到他眼前。而唐永年每次都只是不鹹不淡地講兩句，就走了。

說起來，爹是親爹，媽反倒不是親媽。

唐雲深的親媽是唐永年的八姨太，生完他就死了。顧佩英本是唱京戲的女老生，

嫁給唐永年後成了最得寵的九姨太。

因為她不能生育，唐永年就把唐雲深交給了她養。後來，顧佩英寵唐雲深寵出了名，最讓大家印象深刻的一回是唐雲深十七歲離家時，顧佩英哭暈在了碼頭。人都說親媽也不過如此。

「唉，這一去就是十年，如今都二十七了，連個媳婦兒都沒有。」顧佩英對著唐永年，開始說起了兒子的終身大事。「早說不讓他出去，你非說什麼男兒志在四方。現在倒好，四方都看過了，回來還是光棍一條。」

唐永年也不辯，只是笑笑，道：「有妳在，我不擔心。」

「我早就想好了，今年端陽，我們要好好辦一場雲深的生日party。我要把現在上海灘所有的名媛……」

唐雲深在國外，每天來去能遇到的熟人也不多，突然耳邊有這麼個滔滔不絕的聲音，溫暖之餘，還是有些不習慣。他四下環顧，想要把話題岔開，忽然就看到了窗外一個嬌小的身影。

「她是誰？」唐雲深問。

話說到一半的顧佩英順著他的目光看去，剛才還神采飛揚的臉上一時黯了黯，隨即嘆了口氣道：「唉，她叫張起月。當年我在丹桂唱紅的時候，她娘是我的戲迷。我們關係很好，跟親姊妹一樣。她娘脾氣直，好幾次為我出頭，還因此得罪過人。後

來，嫁去了廣州，說是西關的大戶人家。之後我們就斷了聯絡。兩年前，一個婆子帶著她找到我，說是她爹抽大煙，家徒四壁了要賣孩子，她娘臨死前託她奶娘帶著她走，到上海來找我……那會兒你也不在，我就把她當女兒養著，真是可憐見的。」

唐雲深心底突然湧起一種說不清道不明的味道，他低頭看了看桌上的栗子粉，順手拿上，起身朝門外走去。

「我去認識下這個妹妹。」他轉頭衝著顧佩英一笑。

在顧佩英的眼中，他依舊是那個飛揚的少年。她寵溺地點了點頭。

似乎是感覺到背後有人在靠近，張起月轉身看了過來。

「你是——雲深哥哥？」她的聲音很脆，很清透，像清晨的鶯啼。

「妳認識我？」唐雲深有些疑惑。

「佩姨每天都要對著你寄來的照片看上好久，有時候，我就陪她一起看，聽她說你的故事。他們說你今天會回來，我想佩姨一定很高興。佩姨高興我就高興，所以，我是過來給你送禮物的。」說著，她笑呵呵地伸出手，手上拈著一枝盛開的含笑。

「這花有水果的味道，可好聞了。我從小就喜歡它。送給你！」

唐雲深試圖從張起月臉上尋到哪怕一絲一毫的憂傷和憤世，可是眼前這個女孩兒就像天使一般，連笑容都是那麼燦爛。他彷彿是受到了感染，不自覺地就開心起來。

他單腿蹲下來，抬手接過花枝，湊近了嗅。「好香啊，謝謝！」

張起月看著他，只是咯咯地笑著。

「我也有禮物送妳。」唐雲深把含笑往西裝口袋裡一插，雙手捧起栗子粉，送到張起月的面前，笑道：「這個也好香！」

張起月看到栗子粉，眼前一亮。隨即搖了搖頭，說：「不，我不要。佩姨說，這是你最愛吃的。君子不奪人所愛。」

唐雲深聽了哈哈大笑，忍不住抽出一隻手去摸了摸她的頭，道：「妳這小腦袋還挺有學問的。好好好，妳是女君子，但妳佩姨今天恨不得把上海有名的DDS咖啡館所有的栗子粉都買來了，妳如果不幫著我一起吃，會很浪費的。誰知盤中餐，粒粒皆辛苦。對不對？」

「唔，那好吧。」張起月高興地接過栗子粉，隨即小小地咬了一口，細細地品嘗著。

「以後，我就喊妳起月？」唐雲深看著她細嚼慢嚥地吃，想著雖然她家世敗落，但西關人家小姐的樣子卻沒有丟。

她沒有馬上回答，直到口中的栗子粉都吞下了，才開口：「好。佩姨也這麼喊我。」她說著，臉上泛起了點紅暈。

這是唐雲深和張起月的第一次相見，她送了他一枝含笑，他給了她愛吃的栗子

粉。

3

莫離之所以對唐雲深一直有記憶，不光是因為爺爺提過，更是自己小的時候看到過唐雲深遺留下來的一個本子，那裡記錄了他跟張起月的故事。

她在書房翻找許久，一無所獲，又去存放舊物的儲藏室找，依舊沒有找到那記憶裡的本子。

第二天莫離依舊去了養老院。這時雪霽天晴，院裡的葷心磬口梅盛開了，香得很，有不少老人出門晒太陽聊天。

莫離一進大門，便碰到了在大廳裡的唐奶奶，正坐在靠窗邊的沙發上，而唐小年正在剝核桃給她吃。

她走過去，看到唐奶奶面帶微笑，已經完全沒有一點昨天小女孩的樣子。

「趙醫生，妳怎麼來了？」唐小年再度看到趙莫離，很是訝異。

「哦，放假了，在家也沒事做，給奶奶帶點吃的過來。」莫離把手上提著的藕粉和水果遞給唐小年。

「謝謝。」

「唐奶奶今天怎麼樣？」

「上午挺好的，後來，她把我認成了雲深，又說要做肥皂，因為雲深生日快到了，她要送他禮物。」

唐奶奶拉住唐小年的手又笑了。「現在外面時局亂，物價飛漲，肥皂這東西，還是能自己做的。而且，我學了刻花……可惜怎麼也找不到材料。」

莫離觀察唐奶奶的表情和語氣——「這是定向障礙，奶奶分不清自己所在的時間、地點和周圍的人，甚至對自己的姓名、年齡等也分不清。昨天她可能以為自己是小孩子，現在只是換到了別的年紀。」

莫離又猶豫著問：「小年，你奶奶是不是姓張？」

「是，妳怎麼知道？」

如果說之前對於那位唐雲深爺爺是否就是唐奶奶要找的人，莫離還心存疑慮的話，此刻她已經篤定了。

她不確定的是，唐雲深的事該如何跟唐奶奶說，又或者，該不該說？

唐奶奶看著唐小年，期盼地道：「好久沒聽雲深哥哥彈鋼琴了。」

唐小年看著大廳角落那架老舊的鋼琴，只能嘆氣，小時候他爸教他彈鋼琴，他興趣不大，他爸也就沒勉強，所以沒學，現在他後悔了，不知道該怎麼跟奶奶說。

莫離見唐小年不動，便走向了鋼琴，坐下來的時候，她忽然覺得這世間事真是奇

妙——她的鋼琴正是唐奶奶的兒子唐牧朗教的。

莫離彈的是〈風將記憶吹成花瓣〉，她也不知道自己為什麼挑了這支帶點憂傷的曲子，可能是被依稀記得的關於唐雲深那個本子裡記錄的思念引起，也可能是自己的悵然若失導致。

輕緩的鋼琴聲流淌在大廳裡，四面的窗外是皚皚白雪，陽光明亮。

好多老人走過來聽莫離彈奏，而坐在沙發上靜靜聽著的唐奶奶流下了眼淚。

4

乙酉年，仲夏。

唐公館內，唐雲深面色凝重地在侍弄花園裡的一叢深色杜鵑。之前，唐蔭兌了一大盆鱔魚血澆在這花下，說是這花吃葷，能開得更好。唐蔭澆得細緻，但還是在幾個花瓣上落了零星幾滴淡淡的紅。在唐雲深看來，這紅越來越深，變成了鮮紅，最後暈染開來，瀰漫了整個唐公館……

他平時從不談政治，可並不是完全不懂。他知道父親在做什麼，只是覆巢之下安有完卵，自己沒有勇氣離開，自然就只能逃避而不去觸及。

現下，危險的氣息越來越重。整個唐公館，也許只有一個人，是真的全心全意地開心著——

「雲深哥哥。」起月花著一張臉，從花園的一角跑過來。「我成功了！」
唐雲深隱去了臉上的不安，掛出了一個微笑，才轉過頭去。「妳又在搗鼓什麼？」
「你的生日禮物呀！」起月的臉上開出了花兒。「我親手做的，香香的呢！上面還有你的名字……」
「是什麼？」唐雲深接過一個精緻的小盒子。
「打開看看。」
唐雲深小心翼翼地拉開了盒子上的蝴蝶結，抽出紙盒，裡頭是一塊圓圓的香皂。邊上刻有一圈捲雲紋，中間是娟秀的「雲深」二字。而右下方的雲紋裡，暗暗地藏了一彎新月。
「傻丫頭，外頭物價飛漲，妳倒好，學了自己做肥皂。那天我還看妳跟張媽在搗鼓什麼醬油？」唐雲深忍不住伸手，愛憐地撫了撫起月的頭。「妳是怕唐公館養不起妳了嗎？」
起月的笑容慢慢隱去，怯怯地說：「雲深哥哥，那天在學校，有人說唐叔是……是……」
看她說得吞吞吐吐，唐雲深隱隱不安。「是什麼？」
「漢奸……」起月的聲音低得像蚊子叫，可是聽在唐雲深的耳朵裡，依然擲地有聲。「雲深哥哥，他們說的是真的嗎？」

唐雲深沒有回答，只是又接著問了一句：「他們還說了什麼？」

起月看著他，心裡的不安急遽地加深，說話的聲音帶了些顫抖：「他們還說，抗戰勝利了，唐叔就會被抓起來……」

「夠了！」唐雲深突然激動起來，隨即意識到，自己對著眼前的小姑娘發火只會更顯出自己的害怕。「對不起，起月。」

起月被嚇了一跳，一向溫和的唐雲深第一次這麼大聲地對她講話。一時間，她愣在那裡，不言不語。

「父親不是那樣的人……」

唐永年到底還是被抓了。在外頭一片抗戰勝利的歡呼中，上海這座城，再次易主。

唐永年一走，整個唐家就像被抽掉了主心骨。顧佩英失蹤了兩天，第三天凌晨，唐蔭在唐公館的門口發現了奄奄一息的她。唐雲深穿著睡衣從房間裡衝出來，聽到她說的最後一句話是：「公孫杵臼死了，程嬰就是千古罪人。不會再有人知道那個孩子到底是趙氏孤兒，還是程嬰自己的兒子。古人會相信程嬰的自白，可是現在的人……」

這雲山霧罩的一句話，唐雲深琢磨了很久。顧佩英似乎在告訴他什麼，可是他想

不明白。但法庭的審判不會等他，唐永年很快以漢奸罪被判了槍決，而唐公館也即將被封。

「起月，妳怕嗎？」唐雲深的耳邊一直迴響著下午刑場上凌亂的槍聲。他遣散了所有的家人，偌大的唐家只剩下了他和張起月。

「不怕。我相信唐叔是好人，總有一天，大家會知道他是被冤枉的。」起月淚汪汪的眼中有著一種超出年齡的堅定。

「好。」唐雲深伸出雙手，緊緊地抱住了起月。從此以後，天地間，他只有這麼一個親人了。「明天他們就要來封屋子，媽的葬禮拖了這麼些天，也不能大辦。起月，今晚我們一起送送爸媽。」

「嗯。」

唐雲深在那架白色三角的門德爾松鋼琴上披了黑紗，邊上放上唐永年和顧佩英的合照。

「當年，李叔同先生就是這樣為自己的母親送行的。如今，我也效法前人，送父母一程。」他對著相片喃喃自語。直到父母故去，他才發現，自己一點都不瞭解他們。他一直沉浸在自己的世界裡，不問吃穿來源，不問世事風雲。

他一首接一首不知疲倦地彈著，起月就站在邊上，心彷彿被一隻大手攥著，越來

越緊，越來越痛，而後慢慢地麻木，直到淚如雨下而不自知。

終於，唐雲深停了下來，因為他的手已經顫抖得無法再繼續彈奏。他緩緩地站起來，出門。

外頭下起了夜雨。他直走到那叢杜鵑的邊上，身子晃了晃，又「哇」的一聲，吐了一大口鮮血，然後緩緩地倒了下去。

張起月眼看著他走出去，預感要不好了，可她的腳已經完全麻木，就算心急如焚也只能一瘸一拐地從屋裡追出來，看著他倒下去。唐雲深是個比她大好多的高個子，她根本拖不動他。

那一刻，她擦乾了眼淚，從屋裡拿出了一條薄毯和一把傘，半抱著他，讓他躺在自己懷裡。夏日的夜晚，怎麼樣都是可以撐過去的。

日出的時候，唐雲深醒了。他被朝陽刺了刺眼睛，看了看在打盹還不忘舉著傘的起月，怔了怔才回過神來。

嘴裡還殘存了些許腥味，他伸手抹了抹嘴角，這一有動靜，起月就醒了。

「雲深哥哥，你怎麼樣？」她心急地問。

「我沒事。」他掙扎著坐起來，勉強揚了揚嘴角。先前他不能維護父母，現下他不可以再讓一個小女生反過來照顧他。他定了定神，鄭重地說：「起月放心，我們都

不會有事。」

「嗯，我會一直陪在雲深哥哥身邊。」她伸出手，抓住他的手。

唐雲深苦笑。「十年，能再陪妳十年，我就知足了。」

她淚眼瑩然地看向他。「為什麼只有十年？」

他習慣性地伸手撫了撫她的頭，道：「之後，妳會有丈夫。他會代替我照顧妳。」

她毫不猶豫搖了搖頭。「不，我只要雲深哥哥。」

唐雲深沒有再說話，只是嘴角僵硬地笑著，眼神空洞洞的。

走出唐公館，一輛洋車在街邊的拐角處等著。車上下來一個西裝革履的年輕人，衝著唐雲深擺了擺手。張起月認得他，他是唐雲深的表弟、唐雲濟的助理魏琥。

唐雲深衝他略略點了點頭，將手上的行李都給了他，拉著起月上了車。

「雲濟呢？」唐雲深問。

「少爺今早上了船，已經去了香港。老爺一直在做英國人的買賣，所以前幾年就已經把大半產業都挪了去。其中有不少的股份是大老爺的。現下大老爺遭難，老爺的意思是，讓您趕緊去香港。明天一早的船票已經給您備好了。」

「我不是一個人。」

唐雲深覺得掌中起月的手忽地抖了一下，他明白她的意思，隨即對著那人道：

魏琥明顯愣了一下，而後回頭看了看張起月。「您要帶上她？」
「她是我妹妹。」
「可眼下這局勢，您也知道，船票是有價無市啊。」
「小魏，麻煩你再給想想辦法。」
「大少爺，您別為難我呀！我一個辦事兒的，能有什麼辦法？」
「好，我不為難你。等一會兒到了旅店住下，我就給二叔打電話。」

張起月遠遠地看著唐雲深拿起公共電話，看他越來越愁眉深鎖的樣子，暗暗下了一個決定。

她知道他現在背著漢奸之子的罪名，是很不適合在上海繼續待下去了。而她，她不是唐家的孩子，唐家養了她這麼多年，而今二老雙亡，她無法報恩，那麼至少，她可以不再拖累他。

唐雲深在回房間的路上，反覆琢磨著剛才二叔的話：「你何苦為了一個外人，賭上自己的未來。她本來就跟我唐家無親無故，能白白養她這麼多年，也算對得起她了。如今也不是不想帶她走，是不能。」踱到房門口，他頓了頓，心底噴湧而出的怯意，令他不敢伸手去打開這道門。

不知在門口站了多久，唐雲深才顫抖著手去開門。就在剛才，他做出了一個決

定：如果起月不能走，那麼他也不走了。決定的當下，他感到了一絲悲壯。他迫不及待地想告訴起月，自己沒有違背諾言。

直到看著房間桌子上的留言，唐雲深才明白自己有多可笑。在他左右掙扎的時候，張起月卻毫不猶豫地走了，為了不拖累他。他剛才還以為自己做出了足夠大的犧牲，卻原來，她比他更果決。

十年，早上他承諾了十年，可她卻要一輩子。而現在，為了不讓他毀諾，她率先放棄了。

這時，魏琥端了兩碗餛飩來，見狀有些愣怔。

「起月姑娘呢？」

「她走了。」唐雲深放下紙條，喑啞地道。

「那……她會去哪兒？」

「我不知道。」

「那您……」魏琥想問還要找她嗎，但又覺著自己說這話有點逾越，於是便閉了嘴。

「你說你沒有家人？」唐雲深沒頭沒腦地來了一句。

「是。」

「好。我現在去找起月，船票留給你。到了香港，麻煩你告訴二叔，我會照顧好

自己，等風聲過了，我和起月一起過去。」說著，他掏出船票，往魏琥手裡一塞，拔腿就衝了出去。

魏琥攥著船票站在原地，一臉茫然。

天快亮的時候，唐雲深終於在唐家的花園裡找到了張起月。她睜大眼睛，不可思議地看著他，他二話不說，拉起她就走。唐家的宅子變成了敵產被封存，他沒有想到她還敢回去。他幾乎跑遍了所有能想到的地方，卻一無所獲，絕望之下才想來這裡試一試。

「妳就這樣回來，不怕被抓起來嗎？」他從未對她如此嚴厲。

「你走，我不用你管！」出了唐公館，起月就開始拚命掙扎。

「妳以為妳這樣很厲害、很偉大嗎？自作聰明！」他把她抓起來，第一次揍了她的屁股。「妳知道我有多擔心，多怕再也找不到妳嗎！」

張起月被他這一下給揍懵了，掛著兩滴眼淚看向他，齊刷刷地就流了下來。

唐雲深沒有料到她就這麼哭了，頓時有些無措。腦子裡千迴百轉，最終只是輕嘆了一聲。「對不起。」又指了指手裡的錶說：「你看，現在船已經開了。」

「你為什麼不走？」她哽咽著出聲。

「年紀不大，記性那麼差。」唐雲深點了點她的腦門。「昨天這個時候，是誰跟我

說，要一輩子跟著我的？這麼快就不要我了？」

張起月抽了抽鼻子。「可是——」

「沒有可是。以後，妳在哪兒，我就在哪兒。」他一字一頓地說。

唐雲深最終還是留在了上海，帶著張起月一起在唐雲濟名下的一棟獨立兩層小樓裡安了家。這個小樓鬧中取靜，隱在一條巷弄的深處。

裡頭東西齊備，連字畫都有好幾箱，然而最令唐雲深欣喜的是，二樓還放了一架鋼琴。雖然這架鋼琴不能與之前唐公館那架門德爾松相比，但他已然很滿足了。

安定下來後，唐雲深在一所偏遠的中學謀了個教職，上下班剛好帶著起月。新的左鄰右舍並不認識他，看他溫文爾雅，起月乖巧伶俐，倒也很照顧這對兄妹。

眼看著，和平將近，歲月靜好。

5

莫離彈完鋼琴站起身走回唐奶奶身邊，看到唐小年正在給老人擦眼淚。

老人臉上滿是柔情和安心，她看著小年道：「你說，以後，我在哪兒，你就在哪兒，你要說話算數。」

「好。」唐小年答應道。

唐奶奶又止不住地流淚，又止不住地笑。

莫離想，也許知道現實的無望，不如活在有他的記憶裡。

唐奶奶又拉住站在邊上的莫離的手，問：「妳是？」

「我的鋼琴……是您愛的人教的。」能教出唐牧朗老師那樣出色和善的人，他的母親一定對他很用心和愛護。但莫離知道，唐奶奶一定會認為她說的是雲深。

果然唐奶奶歡喜地道：「原來是雲深教的啊。妳叫什麼名字？」

「莫離，莫非的莫，不離不棄的離。」

「好，莫離，妳明天還會來吧？我明天打算煮湯圓，妳來跟雲深學琴，我煮給你們吃。」

莫離看著被老人溫暖的手捂著的自己的手，點頭說：「好的。」

蔚遲坐在車裡，看著從養老院走出來的人。

他看著她走到一棵磐口梅下看了看，然後摘下一朵，走到不知道是誰堆起來的雪人邊上，把花放在了雪人頭上。白白的腦袋上多了一點亮麗的橙黃。

她揚唇而笑，陽光落在她臉上。

蔚遲就這樣看著，他不知道自己每接近她一次，就會造成什麼樣的影響。他留在這裡，不敢接近她，卻又無法做到離開。

莫離回到家，吃完飯後又忍不住想起唐奶奶的事、回想記憶中關於唐雲深的零星片段。

爺爺好像說過，他跟唐雲深早年就相識，他很讚賞對方的人品和才華，後來再遇到落魄的唐雲深，爺爺不忍心故友慘死在外面，便收留了他。

爺爺收留唐雲深的時候，她爸應該還沒出生，還住在老宅那裡。莫離記得，老宅裡爺爺生平的藏書著作都搬了過來，但一些舊家具卻留在了那邊沒動。

她想唐雲深的本子會不會也遺留在那邊？她越想越覺得有可能，便迫不及待地跟阿姨說了聲「出去辦點事」，就又出了門。

唐雲深的事，跟不跟唐奶奶說是一回事，莫離覺得還是得把東西找到。

趙家的老房子在一條狹長的巷弄裡，這裡房屋老舊，住戶密集，不過原始居民大多已經離開，不少屋子出租給了外來打工人員。趙家的老宅雖然也沒人住了，但也沒有租出去，加上還有一些舊物趙紅衛不想處理掉，所以索性就將其留著做儲藏地了。

莫離打開了那扇已經生鏽的鐵門。門開的那一霎，一股陳舊的帶點發霉的味道撲面而來。她皺了皺眉，伸手拉了下門邊的燈線。

客廳裡的燈泡打出了昏暗的光亮。莫離看過去，只見燈罩上也積滿了塵。四周堆著些紙箱子，所有的舊家具都挪到了當年爺爺的書房。她逕直去了書房，想先從那裡

找起。

然而書房裡的燈卻壞了，只能藉助客廳那一點光來看。

正在莫離就著那點不明朗的光翻找之際，唯一的光源卻突然暗了暗。她心裡不由一驚——這個世界上，她最怕兩樣東西，一是會咬人的動物，二是鬼。

即使這裡她小時候來過許多次，但如今爺爺不在多年，早已物是人非，空蕩蕩的讓人心慌。

「失策啊，頭腦一熱就跑過來了，真應該白天來的。」

結果她自言自語剛說完，客廳的燈竟徹底熄了！頓時，四周一片黑暗。

莫離倒抽一口涼氣，默默地祈禱：「爺爺保佑，爺爺保佑……」她自我安撫地想，可能是跳電了，出去修一下就好。

在她摸索著要去客廳時，膝蓋撞到了桌子，不由輕叫了聲。

正當莫離發怵又後悔地蹲在地上、等那股痠痛感淡去時，燈突然又亮了。

她驚喜道：「好了？難道剛才是斷電？」

後悔是後悔，但既然來了，她也不會半途就走，拖著還有點痛的腿趕緊翻箱倒櫃地找。

最後，終於在一個類似床頭矮櫃的最下層抽屜裡發現了一只木盒，裡面除了那本她記憶裡的本子，還有一枚用手帕仔細包裹的印章。

「原來真在這裡！」莫離激動地拿著東西走到客廳裡，她將手裡的印章翻來覆去地瞧了瞧，印面上的文字是篆書，她只能認出中間那兩個字是「看雲」，她又看印章上的邊款像是行草，連蒙帶猜，覺得大概是「鍥而不舍」。

莫離將盒子一合，走出了老宅。

等她回到車裡，才又打開盒子，拿出那個小本子來看。方方正正的本子已經有些破損，邊上的騎馬釘也已經鏽蝕。封面正中間印著三個藝術體的大字「圖畫本」，字的下面有一個少年，扛著竹竿，正趕著一群小鴨子。封面上，主人唯一留下的痕跡，就只有右下角處的一圈手繪捲雲紋，以及捲雲紋中的一彎新月。

「新月？起月？」

莫離翻開第一頁。第一頁上，只有一首詩。

行行重行行，與君生別離。
相去萬餘里，各在天一涯。
道路阻且長，會面安可知。
胡馬依北風，越鳥巢南枝。
相去日已遠，衣帶日已緩。
浮雲蔽白日，遊子不顧返。

思君令人老，歲月忽已晚。
棄捐勿復道，努力加餐飯。

莫離記得第一次看到這首詩，她看不懂，後來上學再讀到，才知道是古詩十九首中的《行行重行行》。這首詩說的，正是動盪歲月中的相思離亂之情。

第二頁上，沒有字，只有畫——或許文字已經不足以讓唐雲深去描繪記憶，所以他直接畫了下來。

這一頁，是他們第一次相見。兩人都是笑臉盈盈，他手裡拿著點心，她背後藏著一枝盛開的含笑……

她記得這枝含笑，也記得唐奶奶前天說的那句「我要去把含笑送給他」。

莫離安靜地翻看著，像是在回顧一部古老的默片，無聲地重播著一段被封存在畫裡的再也回不去的歲月。

此刻，離她一百公尺遠的地方，蔚遲正坐在車子裡。

有人敲了下他的車窗。

「先生，我剛看到你從那間房子裡出來，我昨天好像也看到你來了。我就住邊上，你是房主吧？還是你後面出來那個女的是房主？」

「什麼事？」

「哦，你是房主的話，我想幫我老鄉問問，你們房子不住人的話，要出租嗎？」

蔚遲：「……不租。」

莫離第三次來到養老院，帶了一本琴譜過來，因為她能熟練彈奏的曲子不多，一旦唐奶奶有指定想聽的曲目時，她不想失敗。

當然，她包裡還有唐雲深的印章，以及本子。

她按著包裡的東西，心有所想，也很快找到了唐奶奶。

而正在走廊屋簷下晒太陽的老人，一看到她就驚喜地拉住了她的手，說：「覃芸，妳來了啊。」

莫離看向唐小年和夏初，小聲問：「誰？」唐、夏兩人都搖頭表示不知。

莫離只好再換身分，回唐奶奶道：「是，我來了。」

唐奶奶又問：「妳家唐崢校長呢？」

「妳家」這個詞莫離現在還真有點聽不得，一聽就頭痛。

「你們夫妻倆可總是同進同出的，讓人羨慕。」

原來還是夫妻，莫離說：「他今天有點忙，所以沒有來。」

唐奶奶望著她身後，忽然笑吟吟道：「妳看妳說的，這不是來了嗎？」

唐小年隨奶奶的視線方向看去。「老闆。」

莫離：「……」

之後，莫離看著蔚遲請唐奶奶進大廳裡去拍了照，因為唐奶奶拉著她的手，她也被帶了進去，站在一旁出神，等她們拍好照，蔚遲才看向她說：「趙小姐。」

莫離「嗯」了聲。

唐奶奶感嘆道：「沒想到唐校長竟然還會拍照，果真不負博學多才之名。」

蔚遲竟然也配合地回了一句：「過獎了。」

唐奶奶又笑著問：「覃芸，唐校長還有什麼不會的，妳倒是說說看？」

莫離：「……我不知道。」

唐小年說：「奶奶……起月，累不累？我帶妳去房裡睡一會兒好嗎？」

「不累，再說覃芸和唐校長過來，我去睡覺算什麼呢。」說著唐奶奶看看莫離，又看看蔚遲。「不過，今天你們夫妻倆怎麼都不太講話？是不是吵架了？平時唐校長可是妙語連珠、出口成章的人。」

妙語連珠？眼前這位「唐校長」，說他惜字如金還差不多，莫離忍不住看了他一眼，看他怎麼回。

蔚遲說：「這些天牙痛。」

莫離：「……」

「哦，唐校長你牙痛，要盡早看醫生才行，不能聽之任之。覃芸，妳得督促他呢，不能只忙工作、不顧身子，身體是本錢。」

莫離真不知道該怎麼回了，又想他牙痛到底是真的還是隨口說的藉口。

這時蔚遲又說：「不嚴重，吃點止痛藥就行。」

作為醫生，蔚遲這種行為就是拖延治療的不良行為。

她忍了下，還是醫者父母心地說：「如果一直痛，還是早點去醫院根治吧。」

「好。」

莫離沒看他，所以不知道蔚遲在回她的時候，嘴邊浮出微微的笑。

唐小年則剛好看到了他一向無念無想的老闆神色微動，他狐疑地望了眼趙莫離。他記起上次去醫院看蔚遲，就聽說是他救了趙醫生。

但唐奶奶還是覺得不對。「既然不是吵架，那怎麼那麼生分呢？唐校長有空時，陪覃芸妳去買菜，你們可都是挽著手去的。」這樣的生活就是她最心之所往的。「你們是我見過最琴瑟和諧的夫妻。」

莫離無以為繼，難不成真要跟蔚遲演一齣琴瑟和鳴？

但見唐奶奶又是如少女般憧憬那份比翼連枝的美好，又真心實意地為他們擔心，她在心裡嘆了聲後，伸出手輕輕拍了下「唐校長」的肩膀，破罐子破摔地說：「你也

真是的，這麼冷的天，出門也不知道多穿點，存心讓我心疼呢。」說著看向唐奶奶說：「我們沒吵架，就是……唐校長不是牙痛嘛，我就不忍跟他多說話。畢竟痛在他身上，心疼的是我呀。」

蔚遲：「……我現在不痛，也不冷。」

莫離回頭笑道：「嗯，好。」

夏初靠到唐小年耳邊說：「離離姊演技真好，他們看起來還真像一對。」

唐小年同意地點了下頭。

唐奶奶呵呵笑道：「是這樣啊，瞧我，真是鹹吃蘿蔔淡操心了。」說著又想到什麼。「覃芸，我要跟你們夫妻倆說聲對不起，雲深……哎，老是去欺負妳家潘朵拉。」

唐奶奶好氣又好笑地說：「說起來，我家的探戈，又不知藏哪兒去了。」說著嘴裡「喵喵」喚著，站起來就要去找，唐小年連忙扶住她問：「妳要去哪兒？」

「找探戈去……我怕牠吃到老鼠藥。」

莫離想，探戈應該是隻貓無疑，反正待在這裡她也渾身不得勁，便很有行動力地起來往外走去。「我替妳去找。」

唐奶奶也不捨得離開「雲深」，只好說：「那就麻煩妳了，覃芸。」

「沒事。」

等莫離終於出來，不由如釋重負。

她沒往大廳能望得見的前院走，而是直接往後院逛去，後院不大，鐵門開著，她便走了出去，邊想心事邊時不時「喵」兩聲，找著唐奶奶回憶裡的探戈。

沒走多久，突然一聲宏亮的狗叫聲拉回了莫離的思緒。

她定睛一看，就發現了前方五公尺處有隻大狼狗，正防備又虎視眈眈地盯著她。

她當即被嚇得手足發麻，下一秒就拔腿往回跑，本來如果她不跑，那狗也未必會追她，但怪就怪在她小時候被狗咬過，一朝被蛇咬，十年怕井繩，她這本能地一跑，那狗就狂叫著追了上來。

莫離大喊：「別追我啊別追我啊！我找貓不是狗啊！救命啊！」

她剛喊完就看到從養老院後門走出來的蔚遲，現在不管是誰，她看到都是救星，她衝過去就拉住了蔚遲的手臂，躲在了他後面。

「蔚先生蔚先生！你不怕狗吧！你幫我趕一下！」

狼狗追到他們面前，朝他們叫了幾聲後，突然倒退了一步，隨即「嗚嗚」兩聲就跑走了。

莫離看到狗跑開，驚魂未定地說：「好吧，狗怕你。」她的手還在抖，也後知後覺地察覺到自己還抓著對方，連忙鬆開了手道：「謝謝。」

她一刻都不敢在外面待了，正要進後院，卻被蔚遲拉住了手腕，她意外又不解地

道：「蔚先生，還有什麼事嗎？」

他放開了她，眉頭緊皺，好似很懊悔自己剛才的行為。

最後他說：「對不起。」

對不起什麼？他好像沒做過什麼對不起她的事，除了——

莫離輕笑一聲說：「你不是已經說過一次對不起了嗎？你不喜歡我，又不是錯。」

只是不喜歡罷了。

她也不等他再回覆什麼，往剛才狼狗離開的方向又望了一眼，趕忙進了門。

莫離無功而返，還被嚇出了一身冷汗，不敢再亂走。正想去跟唐奶奶道歉，說有辱使命，卻看到前院那張休閒藤桌周圍不知何時圍坐了三個老太太，其中一個正抱著隻黑貓。她心中一動，走了上去，跟正閒談的老人們問了聲好。

之後她對抱著貓的老人說：「奶奶，您的貓能借我一下嗎？」

那老人慈眉善目，笑得也是十分和藹。「妳是唐家奶奶的客人吧？」

「是的。」

老人卻問：「小女孩，妳有男朋友了嗎？」

「……沒。」

老人把她拉近一點。「哎唷，妳的手怎麼這麼涼？還都是汗。」

「剛跑了一會兒步，出了點汗。」

另一個老人說：「這大冷天的，怎麼還去跑步呢。」

莫離只能笑而不語。

而拉著她的老人上上下下打量她一番，又說：「我外孫也還沒對象呢，今年過年就三十二了，七尺男兒，一表人才，是個大公司的經理，妳把電話號碼給我，我就把豆豆借妳，妳看怎麼樣？」

這妥妥一齣挾天子以令諸侯呀，莫離以退為進道：「奶奶，您這外孫，聽起來挺出色的，要求應該很高啊。」

「我外孫要求很簡單，膚白貌美性格開朗，妳很符合。」老太太笑呵呵地說。

莫離：「……」

莫離覺得這老太太還是挺有意思的，最後捨生取義地把號碼輸進了老人的老年機裡，換了黑貓豆豆。

莫離大功告成地抱著貓朝樓裡走去，看到蔚遲正坐在走廊上的一張長條凳上，她沒多看他，直接走了進去。

她回到唐奶奶身邊，剛想拿豆豆蒙混過關，結果唐奶奶又陷入了另一種回憶裡，看到她就祝賀她說：「覃芸，恭喜妳喜得麟兒啊。」

莫離：「……」她才出去找了一會兒貓，回來兒子都有了？

豆豆「喵」了聲，從她身上跳下，一溜煙跑到了外面。

唐奶奶問：「覃芸，妳家唐校長呢？在家照顧孩子嗎？唐校長該高興壞了吧？」

莫離在心裡默念，她不是覃芸，蔚遲也不是唐校長。「是啊，他很高興。」

唐小年抱歉地看著趙莫離，跟夏初說了聲「妳看著點奶奶」，就去了外面。唐小年看到坐在屋簷下凳子上的蔚遲，走過去就說：「老闆，你好像對趙醫生——」他本來想說「有好感」，但又好像還沒到那程度。

蔚遲說：「我曾在一本書上看到過一句話——愛是想觸碰又收回的手。」

唐小年很意外地看著他老闆，原來不是還沒到那程度，而是遠遠超過了那程度。

他是怎麼也想不到會從蔚遲口中聽到類似「表白」的話。

而蔚遲會跟唐小年說，是因為他無人可說。

這種情緒在他心底太久了，久得……他有點不想再藏了。

如果不能跟她說，那跟無關緊要的人說說，應該無妨。

殊不知無關緊要的人，因他的話而受了不小的驚。

莫離這邊，唐奶奶又突然傷心地勸她：「妳要好好看著唐校長，別讓他出事，妳要好好地活著，萬萬不能自尋短見……如果妳也走了，孩子怎麼辦？」

「我不會想不開的，妳放心。」

但唐奶奶顯然還是不放心，好似要發生不好的事讓她不安。「晚上妳跟唐校長到我這邊來吃晚餐，答應我，一定要來。再苦的日子，我們一起熬過去……天黑了，總會亮的，只要我們人都在。」

莫離安撫她：「好，我答應妳。」

夏初走到莫離邊上說悄悄話：「離離姊，真的很謝謝妳這樣子陪奶奶聊。奶奶昨天讓小年買了好多菜回來，還有湯圓，妳就留下來吃晚餐吧。」她頓了下又說。「不知道蔚先生願不願意留下來吃飯……」

莫離意興闌珊道：「那要看什麼人說了。」如果是她，肯定是否定的。

這時蔚遲跟唐小年剛好走回來，唐奶奶彷彿終於寬心了點。「雲深，你把唐校長帶來了，那就好……唐校長，覃芸已經答應我，晚上在我們這邊吃飯，你們是一家人，不說兩家話，你可不許走。」

蔚遲似乎在考慮，看樣子是不想留的，然而卻回了一聲「好」。

莫離心說，原來他還挺敬老愛幼的。

唐奶奶看著唐小年，又悲從中來。「雲深，你無論如何，無論如何都不能擅做主張離開……」

「我不會的。」唐小年扶著奶奶說。「我帶妳去休息會兒好嗎？」

唐奶奶似乎是真的累了，由唐小年和夏初扶著回了房間，躺下後很快就睡了過去。

她又夢到了雲深。

6

一九五二年。

這一年，張起月十八歲，恰逢大學考試，而上海著名的聖約翰、震旦、滬江三所大學，卻在院系調整中被裁撤。

她想起自己曾經拉著唐雲深，在聖約翰的那棵大樟樹下發誓，一定要考進這座走出過外交奇才顧維鈞、文學全才林語堂的著名學府。

現在，她做好了所有的準備，可是這座美名為「海上梵王渡」，建立於上海梵王渡的大學，卻再也不會有了。這便如深夜航船，突然失了導航的燈塔，四周一片漆黑，令人不知道接下來要何去何從。

「起月，吃飯了。」唐雲深每天下班都會從學校餐廳打來飯菜，回家熱一下，作為兩個人的晚餐。

張起月應了一聲，收起了心思，換上了滿臉的笑意。她知道他每天都過得如履薄冰，不再想他為了自己的事而憂心。

「快考試了，妳準備得怎麼樣了？」唐雲深夾了一片肉，放到了起月的碗裡。

張起月夾起肉，又塞進了唐雲深的碗裡。「我是女孩子，你每次都把肉給我，是想把我餵成大胖子嗎？」

「妳太瘦了，胖點好看。」

他還想還回去，張起月沒有再推，只是笑著問：「雲深哥哥，要是我真成了一個大胖子，沒有人願意娶我，你會養我一輩子嗎？」

唐雲深沒有正面回答，卻反問了一句：「我不是正在養嗎？」

張起月放下筷子，靜默了一會兒。

唐雲深疑惑地抬頭，看著她，卻看不清她的表情。

「還有兩年，就十年了。」她很輕地說，可他還是聽見了。

唐雲深卻假裝沒有聽到。

張起月平靜地與他對視，眼神澄澈。

她咬了下嘴唇又說：「雲深哥哥，如今沒有聖約翰了，我決定不考大學了。」

「不念大學，妳想做什麼？」

「我就天天在家裡，給你做飯。」張起月敏銳地捕捉到了他目光中的那一絲微弱的閃動，心中忍不住揚起狡黠的笑，故意道：「受夠了每天吃這些餐廳的菜。」

唐雲深愕然，他不會做飯，更不願讓她整日被油煙薰染，因此她這突如其來的一

句話，竟然讓他無言以對。

「噗。」看著他窘迫的樣子，她不由得笑了出來。「雲深哥哥，我開玩笑的。是這樣，我前幾天看到學校對面的小學在招聘代課老師，高中畢業就可以。我去試了試，據說明天能有結果，我答應你，如果沒有錄取，我就專心去考大學。好不好？」

唐雲深鎖著眉頭，陷入了深思。他知道有很多話，她不會說出來，但是他懂。她出身資本家家庭，又在漢奸家長大，如今有些學校，即使她有心也有能力上，學校卻未必會收她。若能早些工作，也許還是好的，即便這本來應該是無憂無慮讀書的年紀，去工作勢必要辛苦很多。

「妳長大了，我也做不了妳的主，妳自己決定吧。」唐雲深最終還是無奈地嘆了口氣。

起月看了他一眼，說：「雲深哥哥，我不怕苦，真的。」

唐雲深默然。

兩人安靜了一會兒，起月故作輕鬆地開口道：「雲深哥哥，你記不記得，有一回雲濟哥哥拿來一本書，對你說不可不讀。」

「《曉珠詞》？」

「嗯，後來你們一起討論這本書。你說，最喜歡裡面的一句：『不遇天人不目成』。」

唐雲深凝視著眼前人，四目相對，「藐姑相對便移情」啊，他心中了然，卻只能嘆息。

「我也最喜歡這句。」她笑說。

看著她的笑，唐雲深的心猛地抽了一下。

「明天，明天晚餐我們去下館子。」唐雲深忽然說。

張起月一愣，家裡的情況她知道，哪來的閒錢下館子？但唐雲深沒有說。

第二天，唐雲深便帶著起月去了飯館。

這頓飯，唐雲深點的菜都是起月愛吃的。

出飯店的時候，天已經黑了，街上涼風習習，人卻很少。

「雲深哥哥。」張起月突然伸手，拉住了唐雲深的胳膊。

他停下了腳步。

「你喜歡我，對不對？」她咬了咬牙，最終還是問了出來。

唐雲深默然良久，只道了一聲：「妳別任性。」

「我要是任性，我也不會到今天才問。」張起月落下淚來。「這麼多年了，你為什麼拒絕了所有人給你介紹的對象？」

「哪裡有那麼多為什麼。」唐雲深打斷她，想了想，又補充了一句：「我身分不

好，何苦去害人家。一個人能平安地過完這一輩子，我就知足了。」

「你賣了唐叔送我們的對印。」既然說開了，她今天就非要把真相撕出來。當她發現他們各有一枚的對印，他的那枚只剩空盒的時候，便已明白了這頓飯的意義。

「身外之物，換一頓飽餐而已。」唐雲深低聲道。

「我身分也不好，不怕你連累。」她堅持。

「女孩子畢竟不一樣。我希望，妳有一個好的歸宿。」他不想再說，怕自己的堅持不堪一擊。「走吧。」

隔日清晨，太陽從東窗邊照進來，投射到餐桌上，剛好就聚焦在唐雲深一早買來的油條上。唐雲深吃得講究，早將油條切成小段，邊上還配了一碟醬油。張起月埋頭喝粥，唐雲深看了看她，誰也沒有先開口。

外頭傳來的吵嚷人聲打破了唐家的靜默。兩人先後朝門口看去，正好就有個人，逆著光走了過來。這人身形高瘦，跟唐雲深倒有幾分相似。因為門都敞開著，他就象徵性地敲了敲門。

「請進。」唐雲深放下筷子，站了起來。

進來的是一個戴著眼鏡的斯文男人，他手上提了一個牛皮紙包，臉上是溫和的笑。

「你們好，鄙姓唐，唐崢，是隔壁新來的住戶。區區薄禮，還望以後多多關照。」

一番寒暄之後，唐雲深瞭解到，隔壁新來的是一對年輕夫婦。

丈夫唐崢，是遠近聞名的華山中學新調來的校長。妻子覃芸，是個小學語文老師，剛好就要去起月所在的學校報到。他們家還有一隻叫潘朵拉的黑貓。

唐崢的到訪暫時化解了唐雲深和張起月之間的尷尬。張起月主動要求陪覃芸一起去學校，唐崢自然感激不盡。

接下來的日子，雖然時局暗潮洶湧，但於唐雲深和張起月，卻是一段難得的平靜歲月。他們似乎達成了某種默契，誰也不再試圖去觸及各自內心的深處。

因為潘朵拉，起月喜歡上了貓咪。一天在街邊公園見了一隻流浪貓，就歡天喜地地帶了回來。這是一隻虎斑貓，起月喊牠探戈。探戈來的時候畏畏縮縮，沒養幾天就威風凜凜起來，一到晚上，還特別熱衷於跑出去跟潘朵拉打架。

起月為此很是苦惱。反而是唐雲深，探戈剛來的時候一臉嫌棄，現在養出了感情，倒是比起月還要在意牠。每次一聽到動靜就火速披上外套，抓起豎在牆角的晾衣竿，衝出去幫架。

覃芸心疼潘朵拉，又不好跟唐雲深翻臉，於是每次都在學校旁敲側擊地跟起月說這個事兒。

這天，唐雲深又舉著晾衣竿要奔出去，起月喊住了他。

「雲深哥哥，你就不怕唐校長也出來幫潘朵拉？」

唐雲深揚眉。「不會，唐校長每天忙得很，哪有我這閒工夫？而且他們理工科的人，沒這麼些個情懷。」才說完，又奔了出去。

起月無奈地搖了搖頭，忽然想，唐雲深連一隻貓都如此護短，那要是自家的孩子……不知此生，他與她可否會有。

一九五七年深秋，唐雲深還是陷入了「反右」運動的漩渦。家裡所有的字畫箱子都被抬走，而他最珍愛的鋼琴，被砸得稀爛。

張起月看著滿地狼藉，欲哭無淚。直到第二年春天，他才被放了回來。

她深吸了一口氣，只聽見心臟在胸口怦怦亂跳。

起月看著日思夜想的人——俐落的短髮已經半長，且骯髒凌亂。以前他骨肉亭勻，而如今瘦得有些脫形；以前他身板筆挺，而如今腰背竟有些佝僂……她已泣不成聲。

起月跑上前撫上他髒兮兮的臉頰，上頭有一層厚厚的血痂緊緊地繃著，粗糙而堅硬。他的眼神有些渙散，而嘴唇上滿是皴裂。

即使剛才做好了心理準備，現在起月還是無法自抑地淚如雨下。她抱住唐雲深，

而他只是木然地靠著她，她親他脣角的裂痕，他卻無知無覺。

「雲深哥哥，我們回家。」起月伸手擦掉淚水，把帶來的棉外套給唐雲深披上，扶起他看向回家的路。此刻正是夕陽西下，街上只剩最後的霞光。

兩個多月後，唐雲深才慢慢恢復。他絕口不提被關起來的那段日子，起月也就不問。只不過，他以前很少喝酒，現在卻染上了酗酒的毛病。因為獄中勞作使得他的脊骨壞損，天氣稍一陰冷，便渾身疼痛，只能靠酒精頂過煎熬。

他幾次都想勸她放棄自己，但每次話到嘴邊看到起月的眼睛，又吞了回去。因為他怕，怕自己的自以為是會傷害到她。

一九六七年的端午。

唐崢和覃芸的第一個孩子出生了，是個男孩，他們給他取名牧朗。

唐雲深和張起月一同去賀喜，說來也奇怪，這孩子看到張起月，竟然就咯咯咯地笑了起來。

覃芸說，他一定是很喜歡起月。

可歡喜沒多久，災難卻又一次降臨。這次，唐崢是主要對象。

唐崢是個烈性子，每次都傷得最慘。唐雲深經過上次已看淡了很多。每次批鬥完

自行回家，胸前「牛鬼蛇神」的牌子不能摘。一路上，還有人跟在後面起鬨，高喊「打倒反動學術權威」，他只能用力抓著唐崢，盡量勸著他一些。

這天，唐雲深一早就見唐崢的狀態很不好，精神已快近崩潰邊緣。於是，他咬了咬牙，偷偷把兩人的牌子對換了一下。結果，他成了唐崢，被人用滾燙的漿糊倒在背上，貼上大字報示眾，還被人剃掉了之前留了半年的小鬍子。

晚上，起月給他處理傷口，驀地就哭了出來。

「今天怎麼你成了主角？」

唐雲深也不多解釋，只給自己倒了一碗酒，笑著對起月說：「他們張冠李戴，我託了唐校長的福，身價倍增。看，鬍子沒了，我是不是年輕了些？」

起月沒再追問，只是流淚，滔滔地止也止不住。

可是，唐雲深的用心良苦還是沒能救得了唐崢。

次日凌晨，唐崢跳了黃浦江。覃芸聽到消息，直接就暈了過去，起月連著照顧了她一週。看她幾次醒來都是意識模糊，不是把她當成了唐崢，就是到處要找潘朵拉。

潘朵拉已經失蹤半年多了。探戈之前誤吃了老鼠藥，橫衝直撞地折騰了一陣，最後死在了唐雲深的懷裡。每每覃芸提起潘朵拉，起月也要哭一場。起月哭，覃芸就愣愣地看著她。

就這樣兩頭提心地過了一個多月，起月終於等來了覃芸清醒的時候。

這天，她拉住了起月的手。「起月，答應我一件事。」
起月腫著雙眼，忍著淚點頭。
「若我有個三長兩短，望妳與唐先生能夠收留牧朗。」
聽覃芸的話像是在託孤。起月怕她想不開，又是點頭，又是搖頭。
「答應我！」覃芸仰起臉，一雙眼睛死死地盯住起月。
「不會的，妳不會有事的。牧朗還小，妳不忍心的……對不對？」起月想要安撫她，又想用唐牧朗來穩住她。
「我也就是說個如果。」覃芸的口氣軟下來，但依然一定要起月給個答案。
「好，我答應。」起月知道不能應，卻狠不下這個心。「世壽所許，定當遵囑。」
當起月再次見到覃芸的時候，滿眼都是血紅。她割斷了自己手腕上的動脈，嘴裡喃喃地叫著：「崢哥……」
答應覃芸的那刻，起月就知道會有這天。因為她明白，深情若許，便一定會生死相隨。
如果換成她，她也會如此。
再後來，唐雲深被打發去勞作，他的身體越來越差，可他的精神卻有了寄託。看著唐牧朗漸漸長大，他想著，也許老天就是用這種方式，成全他和起月。

一九七五年，仲春。

唐雲深突然全身抽搐，送到醫院一查，是中毒性肺炎。醫生開了藥，讓他回家休息。

終於有了漫長的「假期」，唐雲深覺得這是老天爺施捨給他的，也就格外珍惜。他偷偷在家裡吃飯的桌子下面畫上了琴鍵，吃完飯就把飯桌翻過來，輕聲地教小牧朗玩彈鋼琴的遊戲。唐牧朗似乎特別有音樂天賦，竟然學得像模像樣，這也讓唐雲深欣喜萬分。

初秋的一天，唐雲深正吃著飯，發現自己拿著湯匙的手突然抬不起來了。而後開始劇烈地氣喘，完全說不出話。這時候起月和牧朗都不在家，在鋪天蓋地的窒息與痛楚中，唐雲深索性趴在了桌上，閉上了眼睛。

不知過了多久，他稍稍緩了過來。這時，家裡突然衝進來一夥人。他們揪著他的衣服把他拎起來，像破布一樣扔到一邊，然後開始翻箱倒櫃一陣打砸。結果，有人發現唐雲深在床下藏了一個木匣子，打開一看，全部是醫院配給他的藥。

「唐雲深故意不吃藥，想在家裡休假！」有人大喊。

於是一堆人湧上來，對著他一番拳打腳踢。

他努力地忍受著，默默地數著數。他告訴自己必須撐下去，他不能死，如果他死了，起月就是另一個唐牧朗。唐牧朗還有他們收留，而起月，又有誰會收留她？

可那幫人根本不打算善罷甘休，那天他們就守在他家，等起月一回來，就被帶走了。他們要審問她，罪名是包庇唐雲深。

唐雲深懊悔極了，他痛苦地自問，為什麼要這麼自私地留在起月身邊。他提起最後的力氣，衝過去拉住起月，發了瘋一樣地打罵她。打完了又操起凳子，砸向了那幫人裡一個正呵呵看熱鬧的。強弩之末自然是沒什麼威力，那幫人看笑話似的把他當皮球踢來踢去，最後揚長而去。

唐雲深長長地舒了一口氣，心裡的石頭終於落了地。他知道，自己這次是真的要跟起月分開了。他不能再連累她，無論是身體還是身分。

唐雲深出走了。

張起月每天都早出晚歸地找他，無論晴雪雨霧。偌大的上海灘，她恨不得把每個角落都翻過來仔細地尋上幾遍。

這日豔陽高照，張起月又一早出了門。

唐牧朗已經習慣了獨自一人放假在家。他翻過餐桌，仔細地回憶著唐雲深曾經教過他的每一個指法，突然就聽到門口有喵喵的叫聲。他扶好桌子，小心地過去看，只見一隻黑貓正定定地看著他，又喵地叫了一聲。他把黑貓抱了進來，含糊地問道：

「潘朵拉？」

張起月告訴過他，他自己家曾經有一隻叫潘朵拉的黑貓，是他媽媽特別寶貝的，後來潘朵拉丟了，他們找了好久都沒有找到。

唐牧朗靜靜地看著那黑貓溫馴地躺在他的臂彎裡，心想：這一定就是潘朵拉。潘朵拉回來了，起月阿姨一定會很高興；潘朵拉都回來了，那麼雲深叔叔也一定會回來的。

7

張起月作了一個很漫長很漫長的夢，等她醒來時，她發現，她已經是唐奶奶了，她的頭髮白了，臉上也都是皺紋了。而她的雲深啊，她的雲深還是沒有回來。她以為只要等一陣他就會回來，沒想到這一等，就等了一生。

張起月靠在床頭，房間裡除了她的孫兒，還有她不認識的人，但哪怕不認識，她卻有種很真切的感覺，這些人在她神志不清的時候，都照顧過她。

「小年。」她不知道自己還能活多久，也不知道何時又會忘了自己在等人。

小年過去牽住奶奶的手。

「奶奶跟你講講我的故事可好？你幫奶奶記著，記著奶奶在等一個人回來，我怕我轉眼又給忘了，你幫奶奶記著好嗎？

「如果他回來找我，你帶他來見我，如果……我等不到那一天，你帶他去我的墓

地看看也好，生要見人，死至少要知道是葬在哪兒，才好下輩子再相見。」

「好。」唐小年哽咽道。

張起月靜靜講述完了她的往事，她沒有掉眼淚。她不糊塗的時候，已經不太會哭，因為這幾十年的歲月裡，她痛了太多次，已經習慣了哪怕心裡思念成災，面上也能平靜無事。

她老了，已經不能再像個小女孩似的哭了。

夏初已淚如雨下，頭靠在唐小年懷裡不知道該怎麼辦。

莫離雖然擅長控制情緒，但最後也落了淚。旁邊有人遞給她手帕，她接了，才想起來是誰。但眼淚往下掉，她也顧不得其他，拿手帕抹去眼淚。

而她一直在糾結的結點，張起月回答了她。

生要見人，死至少要知道是葬在哪兒，哪怕事實讓人悲痛難挨。

莫離走到老人面前，把印章拿出來，小心地遞過去。

看到印章的一瞬間，唐奶奶的眼睛亮了亮。愣怔了幾秒後，她十分緊張地摸進自己縫在衣服裡的暗袋。

還在——她鬆了一口氣。

那，眼前這個莫非是……想到這裡，她渾身一個激靈。她看了莫離一眼，見莫離點點頭，便顫抖著從她手裡拿過那個熟悉的印。

果然，上面的邊款是「鍥而不舍」，跟她那個「金石可鏤」，恰恰就是一對。

當年，雲深的父親得了一對「橘柚玲瓏映夕陽」的黃芙蓉印石，便找了金石名家刻了一對「坐看雲起」的印，把兩個孩子的名字都嵌了進去。兩塊印石宛如雙生，連底下的篆文都是一樣，唯一的差別，就是邊款：一枚是「鍥而不舍」，一枚是「金石可鏤」。

這一對印，彷彿一道讖語，點破了他倆的一生，只是當時他們都不知曉。

唐奶奶抖抖索索地摸出自己那枚，然後將它們並在一起。一滴淚掉下，剛好就落在兩枚的中間——

團圓了，終於團圓了。

只不過，印是團圓了。人呢？

莫離輕聲道：「奶奶，我帶妳去見雲深好嗎？」

當年因為修路，土墳都被要求搬遷，有些無主或者子孫不肖的墓，就這樣湮沒了。唐雲深的墓是當年趙莫離的爺爺讓人搬遷來的，在公墓最西面的一個角落裡。無子無孫，連照片也沒有，那塊孤零零的石碑上，只有清冷冷的五個字：唐雲深之墓。

張起月跌跌撞撞地靠近，在那五個字撞入眼底的那一刻，就好像遇到了時間的沙漏，將這近半個世紀的離別瞬間顯現。那個一直喊著雲深哥哥的起月消失了，剩下的

只有一個行將就木的老太太，和一個光禿禿的土饅頭。

張起月伸出手，細細地摸索著那個熟悉的名字，眼前出現的竟然還是那個年輕溫潤、倜儻瀟灑的年輕男子。她輕輕地靠在墓碑上，彷彿是靠在了他的肩頭，喃喃地開始說話。

所有人都默契地走到了不遠處的一棵刺柏下靜靜等待。

夏初輕聲問唐小年：「你一直知道，你跟奶奶沒有血緣關係嗎？」

「嗯。有沒有血緣無關緊要，她是我奶奶。」

「是的！」夏初抓緊了唐小年的手，她又轉頭問莫離：「離離姊，妳怎麼會有唐爺爺的東西，還知道他葬在這裡呢？」

莫離便說了自己爺爺跟唐雲深的事。至於她如何知道唐雲深葬在這裡，是後來她在翻那個本子的時候，回憶起，兒時爺爺曾帶她來掃過一次墓，爺爺說，唐雲深是他的恩人，曾幫過他，事是不大，但滴水之恩當湧泉相報。

莫離那刻真的覺得，人與人之間的相遇，似偶然，卻又像是必然。

唐小年跟夏初聽完後，都感嘆：「原來還有這樣的緣分。」

隨後，唐小年走到蔚遲旁邊。

之前來的時候，因為唐奶奶一直抓著莫離的手不放，使她無法開車，所以蔚遲也一併來了。

「老闆，我一直在猶豫，要不要讓你幫我『看看』奶奶的未來。我想知道，卻又害怕知道。」唐小年用只有他們兩個人能聽到的聲音說。

「最好的未來她已經替自己安排好了，不是嗎？」

唐小年看著漸漸落下的夕陽，以及奶奶和墓碑的剪影，一切都顯得那麼寧靜而祥和。

「是。」最好的未來奶奶已經替自己安排好了。

夜幕降下，一行人回程，途中唐奶奶心安地睡著了，睡前她依然在細細地翻看唐雲深的本子，口中低念著寫在本子末尾的一句話：我已無處可去，唯一想去的地方，卻不敢回。

「雲深……你那麼聰明，一生幾乎無過錯，但這件事你做錯了……你以為的為我好，並不是我想要的好。好在，我終於找到你了。」

我終於找到你了。

這句話，劃過莫離心口。這也是她第一次見到蔚遲時，他說的話。

她看了眼邊上在開車的人，無聲地笑了下。不過他找她，只是為了問蔚藍的事，哪怕話一模一樣，裡面的情緒卻是完完全全不一樣的。

莫離又從後照鏡裡看向已經睡過去的唐奶奶，夏初正抓著老人乾瘦的手。

莫離輕輕道：「雲深爺爺強迫自己心硬如鐵，決絕離開，只為求得奶奶的現世安穩，即使每一秒都在擔心會不會落了自以為是的下場，也毅然走上那條寂寞的路。而奶奶呢，哪怕漂泊難安，世人誹謗，甚至紅顏白髮，只要他在身邊，便抵過三春日暖，萬千溫柔。如果奶奶他們生在現在該多好，就沒那麼多情不得已了。」

夏初問：「離離姊，如果是妳，妳希望雲深爺爺是走還是留？」

「即使相守很短，也好過孤獨終老。」莫離說出心裡真實的想法。

在開車的蔚遲握著方向盤的手，微微收緊了些。

因為天色已晚，唐小年沒讓奶奶回去養老院，而是將她留在了家裡。

夏初跟著也下了車。「我也在這邊下了，回頭自己叫計程車回家就行了。謝謝你，蔚老闆，離離姊，再見！」

「再見。」莫離見如此一來，就只剩她跟蔚遲了，隨即也說：「蔚先生，我也自己叫計程車吧，謝謝了——」

蔚遲卻已經開動了車。

莫離：「……那就麻煩你了。」

開了一段路，蔚遲輕聲問：「拿生命換短暫地在一起，值得嗎？」

本來以為會一路無話到家的莫離，聽到這句話，不由訝然，她隨口道：「蔚先生沒聽過那句話嗎？生命誠可貴，愛情價更高。」

「沒有。」他是真的沒有聽過。

莫離：「……」

然後她又聽到蔚遲說：「我是少數民族，在念大學之前，我跟蔚藍的老師，就是我們的父親。」

「哦。」莫離挺訝異的，他竟然會主動跟她說自己的私事。

而蔚遲說完，又有些後悔。

這種反反覆覆的情緒，折磨得他有些頭痛。

這時，車子剛好開過之前發生火災的商業大樓，外立面還架著鋼架修繕中。

那天的大火歷歷在目，莫離每次想起來都還有些後背發涼。

「妳那天為什麼來這裡？」蔚遲突然問。

「什麼？」

「為什麼要來這棟大樓？」

莫離聽明白了，道：「為了買床上用品。」

蔚遲突然踩了煞車，讓莫離往前衝了衝，額頭磕在了車上。

蔚遲馬上將車停在路旁，皺眉道：「對不起。妳沒事吧？」

「呃，沒事，我沒事，蔚先生，我不跟你說話分你神了，你好好開車吧——」

蔚遲卻沒動，眸色深深地看著她。

「妳那天，不是為了我來的？」

「為了你？」莫離覺得自己真的是跟不上蔚先生的思路。「為你買床上用品？」

她笑道：「蔚先生，那時候，我對你還沒……」

還沒明白自己對你有好感。

「你放心，我那天不是為了你。就是輪休，路過，想到家裡阿姨給我挑的床上四件套實在太花稍了，想買套樸素的，我就進商場了。我那天一點都沒想到過你。而以後，我們不碰面，我也會做到不想起你，我保證。」莫離想，她這種報答救命恩人的方式也是沒有其他人會這樣做了。

「妳說的都是真的？」

還不信她？莫離指天發誓道：「真的，句句屬實。」

蔚遲眉頭深鎖地看著面前舉手發誓的人。

如果說，這次的出發點不是因為他，不同於上一次，那是不是說，他的參與不是必然導致她遇到危險的原因？而是她命裡註定會遭遇不測？

莫離見他擰眉深思，表情很不好，似有一點放心，但更多的似惱恨，心想不知自己又哪裡惹得這位蔚先生不高興了。

她想還是自己下去叫計程車算了，剛要開口提，蔚遲卻發動了車，之後面色沉鬱地把她送到了家。

等莫離下車想道聲謝，至此相安無事，江湖不見。

蔚遲卻低沉說道：「妳讓我想想，讓我，好好想想，該怎麼做才是最好的。」

說著便離開了。莫離不明就裡，又想，他想什麼，做什麼，又關她什麼事呢？

哪想之後，事情會跟她所預想的完全背道而馳——

第六章

不負時光與你（下）

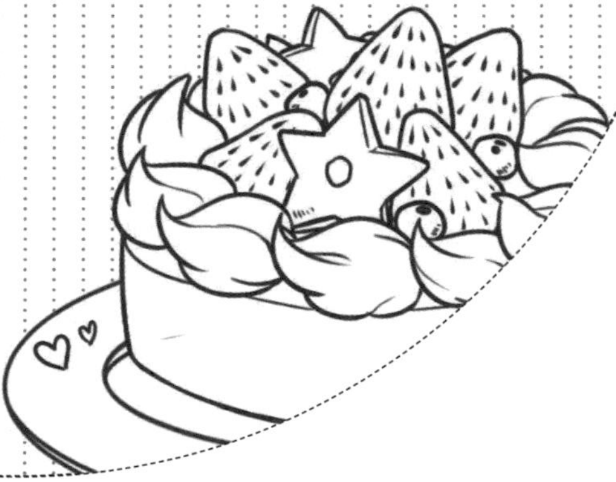

1

次日一早，莫離剛走到社區門口要叫計程車——她要去養老院把自己的車開回來，就看到一道很顯眼的修長身影，站在前方路邊的香樟樹下——

蔚遲身穿純白羊絨大衣，圍著一條同色的圍巾，正低著頭在看一份報紙。

大冬天路上來來去去的人多數穿得很暗沉，他這一身白加上身高優勢，就跟紅綠燈似的讓人忽略不了。就在莫離納悶他在這裡幹麼時，對方也抬起了頭，看到她後，朝她走了過來。

他走到她旁邊說：「我開車來了。我送妳去。」

莫離驚訝完，心說：你知道我要去哪裡？

「不必了。」又見他神情柔和，似乎像是……之前住院的時候，她皺眉問道：「蔚先生，你……又不清楚了？」

「沒有，比任何時候都清楚。」

那這又是什麼情況啊？

莫離有些無力地說：「蔚先生，我們既然道不同，那就不相為謀吧，還是越少接觸越好。」

蔚遲微一沉吟，說：「妳修什麼道？我跟著妳修就是。」

「……」

正好一輛空計程車開過，莫離伸手攔住了，她朝蔚遲點了下頭後上了車。她跟司機說了地址後，又望了眼後照鏡，那人還站在那兒不動。昨天剛讓她指天發誓，今天又來破壞她的誓言。

這都什麼跟什麼嘛。

本來以為蔚遲又只是一時的「不對勁」，結果兩個多小時後，趙莫離回來，見他還站在之前站的那棵樹下，一派自若和沉穩。

趙莫離駛近社區道路時，蔚遲走到了她車邊。她嘆息一聲，把車停在旁邊，搖下車窗問：「蔚先生，有事？」

「有事。」

蔚遲伸手搭在了車窗邊，正當頭的陽光鋪在他身上，讓莫離有些看不清他的表情。

「我想跟妳在一起。妳還要我嗎？」

「啊！」

他似斟酌了下，又說：「我姿色不差。」

「……」那麼明確地表示過對她沒想法，還是當著她家人的面，直接又無情。現在又突然說喜歡她了？人都說好了傷疤忘了疼，她這傷疤還沒好呢，還有點疼著呢，

所以趙莫離並不信，或者說是不敢置信。

「蔚先生，開玩笑要適當。」

「妳不相信？」

「是。如果沒其他事，我要回家了。」趙莫離等著他把手拿開後好開走。

蔚遲從容不迫道：「還有。」

趙莫離看著他，等著他說。

「妳替我付的醫藥費我還沒轉給妳。」

「我不急用錢，你隨便什麼時候轉都行。」

「我沒有支付寶。」蔚遲把手上拎著的一只袋子遞給她。

莫離疑惑地接過，往裡一看，竟然是一堆現金。她默然地把袋子放在副駕駛座上，說：「好了，蔚先生，那我──」

「妳不數一下嗎？」

「不用，我相信蔚先生。」

「半分鐘之前，妳說不相信我。」

「……」

「還是當面點清吧，萬一不對，以後再說就說不清了。」

趙莫離忍住深呼吸的衝動，說：「少了也沒關係，我不追究。」

「也有可能多了，我數得不仔細，還是麻煩趙小姐再數一遍吧，我不想虧了。」

「……」

之後，趙莫離數錢，蔚遲坐在副駕駛座上，神色泰然地望著她，眼中微微閃動。

趙莫離數到一萬的時候，電話響了，是家裡阿姨來催她吃飯。「離離，妳怎麼還沒到？」

趙莫離開了免持聽筒，說：「我有點事，再過半小時吧。」今天阿姨說要做鴛鴦雞粥，一想到吃的，她恨不得自己化身為點鈔機，趕緊點完去享受熱騰騰的食物。

掛斷電話後，趙莫離越數越鬱悶，她看向旁邊的人說：「蔚先生，你是不是看我特別不順眼，整我呢？」他之前多給了她二十多萬都若無其事的，這會兒突然變這麼小氣了，怎麼看怎麼像故意找碴的。

這時蔚遲伸手過來撫了下她的頭髮。

趙莫離呆了兩秒，問：「你幹麼？」

「我跟妳說過，妳像我養的琉璃鳥，牠不高興了，我就順牠的羽毛，牠便又開心了。」

趙莫離默念，他救過自己，被恩人當成寵物對待沒什麼大不了。「你要慶幸的不是王八，否則我一定跟你翻臉。」

蔚遲沒想到她會來這麼一句，似乎想扯脣笑，但忍住了。

趙莫離也不管他怎麼想，繼續數錢，數到三萬的時候，她有點頭暈眼暈了，實在不想再數，便說：「這裡是三萬，我拿了，餘下的我不要了。蔚先生請下車吧，我要去吃飯了。」

蔚遲這次倒也乾脆。「好。」但他沒把餘錢拿走。「沒數的妳也留著吧。」

「你不怕吃虧了？」

「我又想了想，吃虧是福。」

「……」

蔚遲看著趙莫離的車開進社區。他表情恢復如初，清冷得就像冬天剛融化的溪水，旁人碰一下會覺得涼。這是他天生的性子。

他很少執著什麼，可一旦有，勢必會去做成。如果說她命裡註定會遭遇不測，那他時時刻刻守著她便是。他決心要守護的人，竭盡所有也要守護周全。

2

陸菲兒排隊買咖啡的時候，發現前面站著的帥哥身形不胖不瘦又挺拔，頭髮柔軟，伸出去的手也好看，不由有點垂涎。等對方轉過來的時候，她剛要搭訕，結果愣住了。「是你。」

本來要走的蔚遲看到她，停了下來。「妳好。」

「好什麼啊？我可聽說——」

「要喝什麼？」

「你要請我？」

「嗯。」

等陸菲兒不客氣地點了飲料，兩人走到一旁等的時候，陸菲兒才說：「我聽離離姊家的阿姨說了，你跟我姊分手了。你請我喝東西是什麼意思？看上我了？」

「沒有，愛屋及烏罷了。」

陸菲兒雖然驕傲自戀，但智商還是在線上的，他這是說她是烏鴉？那屋又是誰？離離姊？

「你們沒分手？」

正說著，陸菲兒的手機響了，說曹操曹操到，正是趙莫離的電話。陸菲兒接起的時候，心裡不由犯嘀咕：我姊不會就在附近吧？不會誤會我要搶她男人吧？

「妳在哪兒？又野哪裡去了？」

陸菲兒左右巡視。「我在咖啡店裡呢，妳在哪兒呢？」

「跟誰？」趙莫離會這樣問，是想知道她是不是又在亂來。因為陸菲兒的母親前不久剛打電話給她讓她幫忙看著點，至少過年期間別再惹是生非。

陸菲兒一聽這語氣有點冷，馬上坦白從寬：「離離姊，我跟妳男朋友只是巧遇，

他請我喝飲料只是愛屋及烏，妳別誤會啊！」

「男朋友？」

陸菲兒問蔚遲：「對了，你叫什麼名字來著？」

「蔚遲。」蔚遲很合作。

陸菲兒對趙莫離說：「蔚遲啊。」

趙莫離：「……妳跟他在一起？」

陸菲兒：「純屬巧遇！姊妳要過來找他嗎？我把電話給他聽？」

「用不著，我找的是妳。晚上我們家辦年酒，在翡翠，妳有空就來。」

「哦對，妳家阿姨好像跟我說過，你們年前就辦酒了，我會來的。」

「好。」

趙莫離先掛了電話，陸菲兒問蔚遲：「你們到底有沒有分手啊？」

蔚遲終於拿到了他的紅茶拿鐵，他拆了包紅糖加進去，慢悠悠地攪拌。「有。」

「……」

趙莫離這邊直到掛斷電話，才發現自己忘記跟陸菲兒說明蔚遲不是她男朋友了。

她實在是想不通蔚遲到底在搞什麼名堂，自從那天他對她說要跟她在一起開始，

她就一直在想。

越想不通越煩躁，而這直接導致晚上她在飯桌上喝多了。

有人端著酒杯走到她身邊說：「莫離，我看妳挺能喝的，跟我喝兩杯？」

趙莫離見是她爸戰友的兒子高霖，她爸最中意的女婿人選，開席前兩人打過招呼。

「行啊。」

馬上有人給高霖騰出了位子。

「在醫院上班還行吧？累嗎？」

「就那樣。你呢？接手你爸的公司了？」

「還早著呢，再磨練十年不知道行不行。」

「你太瞧輕自己了吧。我聽我爸說，你可是又聰明又能幹的。」

「哈哈，那是趙叔叔過獎了。」

兩人邊喝邊聊，邊上不少人都看向他們，眼中都有些看一對的意味了。另一桌上，有人跟趙紅衛說：「趙總，看來你家辦喜事不遠嘍。」

趙紅衛爽朗一笑，說：「承你吉言了。」說著頓了下：「但我這個女兒啊，從小就有主見，現在大了，我是更管不了她了，隨她去吧。」

坐在趙莫離邊上的陸菲兒一直在觀察她姊的表情——完全沒有失戀的失落，想來阿姨說她傷心，不過是老人的小題大做罷了。

在高霖走開後，陸菲兒就湊過去跟趙莫離說：「離離姊，妳果然是我陸菲兒的姊，一顆老心臟強而有力的。失戀算什麼？戀愛就跟買包包一樣，喜歡就買來用，不喜歡就換嘍，對不對？全世界每年都有大批新貨上市，妳有貌，妳爸有錢，怎麼著都不用愁沒包包用是吧？」

趙莫離推開她說：「乖哈，別找抽啊。」

「姊，我說真的呢，我認識的人裡，我只承認妳比我長得好看。」

趙莫離摸著又湊上來的陸菲兒的臉說：「妳今天遇到蔚遲了？」

「偶遇！我就是看到他，忍不住想給妳出口氣嘛。」

「出什麼氣？」

「他不是……那啥，據說讓妳不高興了嘛。」

莫離已經有些微醺，她「呵」地笑了一聲。「我是不太高興，但妳也別去找他麻煩，他不是妳能逗得了的那種人，妳得不了便宜，聽到了嗎？」

「哦。」菲兒琢磨不出她姊話裡的意味，是擔心她吃虧呢，還是擔心那個蔚遲吃虧啊？

趙莫離最後是真喝暈了，飯局沒結束就去廁所吐了一回。趙紅衛看不過去，叫阿姨把人先帶回去，高霖主動提出送她們。

高霖扶著莫離走出包廂，趙莫離念念有詞：「想不出，實在是想不出，有種考大學時碰到高分大題卻解不出的感覺……」

高霖好笑地看著她，隨後打電話叫了家裡司機把車開到酒店門口。

陸菲兒跟在後面說：「帥哥，我家跟離離姊住同一個社區，你也一道把我送回去了吧？」

「沒問題。」

走到大堂的時候，陸菲兒突然停住了腳步。阿姨也因為看到了誰而低叫了聲：「哎呀，他怎麼來了呢？」

蔚遲從沙發上站起來，朝他們走了過來。他步履不快，然而一身黑色在金碧輝煌的廳內顯得有些凌厲迫人。

等他走到離趙莫離還有兩公尺處，他站定了。趙莫離也看到了眼前的人，依稀認出來是誰。

蔚遲放柔聲音問道：「妳要不要來我身邊，莫離？」

高霖問：「你是誰？」

然而還沒等蔚遲回答，趙莫離已經抽出被高霖攙著的手朝蔚遲走去，然後在眾目睽睽之下，直接把人給抱住了。

「我一定要把你解開不可。」她當年怎麼說也算是學霸。

解開？解衣服？阿姨著急地要去拉她，然而趙莫離卻不讓她碰。

蔚遲半摟著趙莫離離開前，也對阿姨和陸菲兒說了聲：「走吧。」

「等等。」高霖伸手攔住他。「先生，不麻煩你了，還是我來吧，我答應莫離她爸爸把她安全送到家，不能食言。」

蔚遲微垂頭看了眼懷裡的人，清清淡淡地說：「她抱著我，我也沒辦法。」

阿姨無能為力地低語：「可不是嗎？這又是投懷送抱又是上下其手的，要是再倒回五十年，我家離離多半得嫁給他了。」

陸菲兒自認萬草叢中過，見過的男人如過江之鯽，還真沒見過像蔚遲這樣的——一臉道貌岸然地占便宜的。

「小高，要不我們讓蔚先生送了，你自己忙去吧，謝謝你了啊。」阿姨見這樣站著也不是辦法，人來人往的，讓別人看了自家女孩的笑話去。

都這樣了，高霖雖有不甘卻也只能答應。

等蔚遲開車將她們送到趙家門口，陸菲兒剛要跟阿姨下車去扶前座的莫離，卻見蔚遲從衣袋裡拿出一個素淨的紅包，執起趙莫離的手，放進了她手裡。

莫離這時候半睡半醒，手裡多了東西就抓住了，而她感覺面前有人，便靠近想看清是誰。

車外路燈的光照進車裡，陸菲兒就見她姊喝醉的臉被照得粉若桃花，而面如冠玉的男子摸了下她姊的頭，低語道：「望妳天長日久，萬事如意。」

陸菲兒只覺得這畫面美好得讓她這個一向不信愛情只信激情的人都忍不住有點心馳神往了，還是邊上阿姨拉了拉她，她才回神。

趙莫離隔天醒來，只覺得頭痛乏力，但她還記得今天她輪班，不得不掙扎著爬起來去刷牙洗臉，等刷牙洗臉完發現床頭櫃上的手機邊有個紅包，她疑惑地打開，就倒出了一串由紅繩串著的八枚銅錢。

「……」她模模糊糊地想起些片段，她記得自己跟親朋好友敬酒，還跟高霖聊了好一會兒，最後他說要送她們……

她揉著太陽穴下樓問阿姨：「這紅包是誰給我的？高霖？」

阿姨把煮好的解酒湯端給她後，終於把憋了一晚上的話全傾吐了出來：「不是，是妳帶回家來住過兩天的那個蔚先生。昨天晚上啊，也是他送我們回來的。妳在酒店裡一見到他就抱著他不撒手，還摸人家的臉，還要解人家衣服，我要拉妳，妳還生氣。離離啊，妳是跟他，又在一起了嗎？」

「……沒。」趙莫離以為那是夢，原來是真的。

酒這東西果然是小酌怡情，大飲壞事啊。她一臉痛苦地捂住了臉。

「除此之外，還有別的什麼事嗎？」趙莫離一副哀莫大於心死，死豬不怕開水燙地再問。

「哦，那個蔚先生送妳紅包的時候，還祝妳萬事如意。」

「……」

「話說回來，這個蔚先生也是真奇怪，隨妳又抱又摸的不說，又送妳壓歲錢，我看著怎麼就覺得……但他不是不喜歡妳嗎？」阿姨實在怕從小看著長大的女孩再傷心。

趙莫離嘆了一聲道：「阿姨，謝謝妳的提醒。」

3

中午，值了半天班的趙莫離，約同事去醫院附近一家新開的海鮮火鍋店嘗鮮。

兩人正要穿過紫藤花盤繞的廊道去停車場，眼下這邊已經沒有層層疊疊的紫花，只剩下光禿禿的藤蔓枝椏，把陽光劃分成碎片，斑斑點點落在下面的石板路上，以及經過的人身上。

「趙醫生，這不是妳家蔚遲嗎？我突然想起來，很早之前，在這邊拉住過妳跟妳說話的人，就是他吧。」

趙莫離苦笑。「王姊，妳記性真好。」

王姊說：「哪兒好了，我這才想起來呢。」

等蔚遲走過來，朝趙莫離的同事微頷首，才看向趙莫離道：「妳昨天說今天要跟我吃飯，所以我來了。」

趙莫離誠摯地說：「昨天我喝醉了，不記得自己說過什麼了。」

蔚遲淡淡然道：「也是，但可以去查酒店監控。」

趙莫離想起阿姨早上說的「妳在酒店裡一見到他就抱著他不撒手，還摸人家的臉」，她笑道：「蔚先生，即使我真說了什麼，醉話不能當真。」

「我當真了。」

王姊心道，這是鬧彆扭了？可帥哥臉上又是帶著點笑的，她推了推趙莫離的肩膀說：「那你們小倆口去吃吧，我去餐廳了。」

不是小倆口好嗎？趙莫離鬱悶。

看蔚遲的樣子，這頓飯不兌現還不行了。

不得不說，趙莫離的直覺挺準。蔚遲雖性情淡然，但也有強勢的一面，只是他習慣了不露聲色，所以強勢也依然是有條不紊的。

「走吧。」

「蔚先生，我給你錢行嗎？你自己去吃。」

「妳覺得妳值多少錢？」

自尊心很強的趙莫離無言以對。

兩人走進餐廳時，蔚遲微微挑了下眉。

而當他們由服務生領到桌前待坐下的時候，有人走過來拍了下蔚遲的肩膀說：

「你怎麼來了？」說話的人正是盧飛。

而這家店正是盧飛投資的新店，因為新開張，所以這幾天他這個老闆都在店裡坐鎮。

「來吃飯。」

「你不是海鮮過敏嗎？我店開張那天叫你，你都沒來。」

趙莫離扭過頭來，盧飛也總算看清了剛走在蔚遲前面的人是誰了。

「哎呀妳好，美女，又見面了。」

「你好。」趙莫離轉而問蔚遲：「你不能吃海鮮？」

「不能。」

「你之前還跟我去吃日本料理了，怎麼都不說？」

「那天的田園壽司捲還不錯。」

趙莫離：「……」

「我們這兒也有牛排。」盧飛又拍了拍比他高出小半個頭的蔚遲說：「我說什麼來

著，你們倆看著就挺配，果然不出我所料，在一起了？」說著招呼他們坐下。

趙莫離就不明白了，怎麼周圍的人都覺得他們是一對？她跟韓鏡出雙入對時怎麼就沒人說！

趙莫離坐下後剛想回答說不是，從她眼前走過的一道身影引起了她的注意。經過的女子一身素色衣裝，左臉上從眼角到下頷有一條細長的、已經被歲月淡去很多的傷疤。

盧飛對蔚遲說：「這頓算我的，我就不打擾你們了，你有事叫服務生找我，我隨傳隨到。」

蔚遲道了聲謝。

趙莫離沒聽清盧飛說了什麼，見他要走，便點了下頭。她一直看著那女的走到一張有人在等的桌位前落座，便拿出手機給韓鏡打去了電話。「我看到秋水了。」

韓鏡：「在哪兒，我過來。」

「鏡哥哥啊，你不用這麼步步緊逼吧？」

「地址。」

趙莫離說了地址。

等她掛斷電話，對上蔚遲的視線，才回想起剛才自己打趣韓鏡時習慣性說出的嬌滴滴語氣，有些尷尬地說：「見笑了，跟朋友鬧著玩習慣了。」

蔚遲：「嗯，挺好聽的。」

「……」

趙莫離不知道該跟面前的人說什麼話，就時不時地看看韓秋水。

「她是誰？」

趙莫離遲疑了下說：「韓鏡的心上人。」

韓鏡來得很快，不過韓秋水已經先一步跟人離開了。他面露失落，剛要追出去，又從衣袋裡掏出了兩張票扔在桌上，說：「晚會的入場券，今晚的，我沒空去。」

趙莫離剛想說她也沒興趣，韓鏡又丟了句「他們有請米其林大廚」，就火急火燎地走了。

趙莫離剛要拿票，有隻白淨而骨節分明的手伸過來，先行拿去了一張。

「見者有份。」

「……」莫離嘆道：「蔚先生。」

「嗯？」蔚遲回視她，淺淺一笑。

「你什麼時候變得這麼無賴了？」

從來沒有人說過他「無賴」。

有人說他冷情，有人說他公允，有人說他聰明，有人說他無趣，沒有人說過他不

講道理。

「我只是想陪在妳的身邊。」從一份牽念到難以割捨，至此再也無法放下。

「……」趙莫離低頭笑了下，覺得自己挺沒用的。

另一頭，韓鏡跑到外面，沒發現韓秋水的身影，剛洩氣地要回車上，就看到她從前面的一家精品店出來，邊打電話邊伸手叫計程車。

韓鏡朝她走去。

她喜歡他的時候，他不喜歡她，不喜歡是真的。如果用心理學去解釋當年年輕的自己，那就是「情感缺失」。

她走後，他才開始懷念，後來懷念變成了缺憾，在心裡兜兜轉轉了十年，這十年裡，他認識了很多人，經歷了很多事，有開心、有惋惜，但都沒有在心裡留下很深的印記。

他的老師曾問他，最難忘懷的一件事是什麼？

他說，那時候他還沒到二十歲，輕狂自大，跟人打架，她衝出來護他，她的臉被劃開了一道長長的口子，滿臉是血，她也不哭。他抱她去醫院時，她問他：「韓鏡，你心疼嗎？」

他擔心、著急。

「你覺得抱歉，但不心疼。」

「秋水。」

韓秋水回頭看到韓鏡，伸著叫計程車的手放了下來。

「之前送妳的畫，妳不喜歡？」他看到退回到辦公室裡的畫，雖然不意外，卻很無奈。

韓秋水淡淡道：「名家的畫，太貴重了，你還是送別人吧。」

「我沒別人要送。」韓鏡不急不躁道：「那先放我那兒吧。這次回來，妳打算一直住酒店？媽很想妳。」

韓秋水一直微低著頭。「我也挺想阿姨的。過兩天，我會去看她，還有韓叔。」

「過兩天是什麼時候？明晚跨年夜，回來吃飯吧。」

韓秋水輕笑道：「韓鏡，阿姨不會希望我回去陪她過年的，你們一家人好好過吧。我晚兩天再去給他們拜年，哦，我會帶男友過去……他初一飛過來，阿姨看到我終於找到歸宿，應該會挺高興。」

韓鏡看著面前纖瘦的人。

她出現在他生命裡時，剛滿十六歲。她是他姑媽收養的女兒，他姑媽一生未嫁人，後來因病離世，秋水便到了他們家。她簡單，固執，又聰明，十九歲那年，她被

美國的一所大學錄取，拿著獎學金去了外面讀書。

十年間，除了隔段時間打來一通電話跟他父母問安，逢年過節寄一些禮物回來之外，她自己不曾回來過。

他倒是去美國找過她幾次，但她不是避而不見，就是有事匆匆離開。

韓鏡想到她十年未回，一回來就要帶男朋友回家，就忍不住笑了，他想，以前的白兔子知道怎麼用爪子傷他了。

如果此刻她再問他：「韓鏡，你心疼嗎？」

他會毫不猶豫地跟她說：是。

4

夜幕降臨，趙莫離看著手上的邀請函想著——吃，是必然要吃的。至於人，八成還是會見到的。如果今晚見到，她要徹徹底底地向他問清楚，說清楚。態度變來變去到底是什麼意思？

等她來到舉辦晚會的會所，就見蔚遲站在大門邊上，一套筆挺的淺灰色西裝，鬆軟清爽的黑髮打了點髮蠟，瀏海梳理在了後面，露出光潔的額頭，五官更顯深邃，玉樹臨風。

趙莫離低頭看自己——穿的就是平時的衣服，好在大衣是新買的，也算得體大

方。

她知道他在等自己，她走過去，一時不知道該說什麼，既不想自己太親切，又不想太刻薄，就客套地說：「蔚先生，衣服不錯。」

「嗯，為悅己者容。」

「……」趙莫離咳了一聲，雲淡風輕地說：「進去吧。」

後來韓鏡分析她這個階段的狀態，說：如果妳不想理他，妳趙莫離會沒辦法躲開嗎？妳不避他，被人甩了也不聲嘶力竭地吼人家，是不捨得還是怎麼地？甚至還任由他牽著妳的鼻子走，妳是這麼好掌控的人？妳說這是「冷落」？我說調情還差不多。

此刻，「調情」的兩人進到了燈火明亮的場內，趙莫離剛拿起一杯飲料，就看到了認識的人。

「大堂哥。」

衣裝筆挺的男子回頭，意外道：「離離，妳也來了啊！」

「韓鏡給我的邀請函。」

「哦。」大堂哥看向蔚遲問：「這位是？」

趙莫離說了蔚遲的名字，大堂哥沒聽她說是她什麼人，只當是泛泛之交的朋友，便拉著趙莫離說：「走，帶妳去認識幾個人，都是青年才俊。」

趙莫離笑容可掬道：「你就別管我了，我就是來吃的。」

「都幾歲的人了，別光只想著吃。」

「你說話的語氣真是越來越像我爸了。」趙莫離對應酬是真不喜歡。

此時，旁邊的蔚遲不慌不忙道：「她想吃就讓她吃吧，何必勉強她。」

見多了大場面和大人物的大堂哥對上神態沉靜的蔚遲，一時竟覺得有些不容反駁。

前方有人叫了聲「趙洋」，大堂哥便放了手對趙莫離說：「那行，妳自己玩吧。」

等大堂哥一走，蔚遲便把手上拿著的一小盤點心遞給趙莫離。

但後者在想，這蔚先生怎麼有種「辟邪符」的感覺，之前狗看到他就跑了，大堂哥也沒多煩她就走了。

蔚遲見她不動，說：「我餵妳？」

「蔚先生，你又把我當成你的寵物鳥了？」

「沒有。其實很多時候，我是看著妳，會想到牠。牠愛跟著我，也很聽話。」說到最後，語氣裡似乎帶了點可惜。

什麼意思？嫌我不聽話？

此刻他們背後觥籌交錯。趙莫離看著面前的人，想到這段時間發生的事，她想，在吃東西前，不如先把要問的事問明白了，好過牽腸掛肚、食而不能盡興。

趙莫離：「蔚先生，因為你總是出爾反爾，讓我不知道該信你哪句話。」

「是我不對。」

這認錯態度，讓趙莫離都有點無法硬氣了。「……一開始，你討厭我。後來，又跟蹤我。我對你心動時，想跟所有人說，我終於找到了我一直想找的人，你又拒絕了我。而沒多久，你又跑來跟我說，想跟我在一起。為什麼？你覺得我過得很無聊，所以想讓我的生活增加點戲劇性嗎？」

蔚遲一直看著她，溫聲道：「我沒有討厭妳。我跟蹤妳，是擔心妳出事。拒絕妳，是怕自己連累妳。我想跟妳在一起，是我心存僥倖、未來妳不會再因我而受到傷害，而我能護妳周全。」

一句又一句的坦白，讓趙莫離心口止不住怦然而動，但又疑惑重重，她想起火災前幾天他一直跟著自己。「為什麼你會覺得我會出事？為什麼你會連累我？」

蔚遲沒有避諱。「因為，我有一臺相機……通過它，可以看到未來的一些畫面。」

「……」

趙莫離雖然覺得蔚遲可能會對她有所欺瞞，但他絕對不是會胡編亂造的人，但是這種話又實在太讓人難以置信。她只能乾笑兩聲，想說這怎麼可能呢？又不是在拍科幻電影。

但她想起自己幾次涉險，他都出現幫了自己，以及，她對蔚遲品行的判斷，讓她不禁半信半疑起來。

「我之前找你拍過照，你是用那臺相機拍的嗎？」

「是。」

「我的未來是怎麼樣的？」

「妳的未來裡有我。」

「……」這話怎麼那麼像網上那句「我掐指一算，你命裡缺我」呢？

這時，廳內的燈光被關閉，只剩下遠處舞臺上的燈亮著，有人上去開始主持活動，周圍響起掌聲。

趙莫離他們離那邊遠，周圍幽暗得都有些看不清人的臉了。她下意識貼近蔚遲，便聞到了他身上的清淡香甜味，她覺得很好聞，忍不住嗅了下，然後就聽到他低不可聞地嘆了一聲，隨後趙莫離感到自己下巴被微微抬起，嘴唇被觸碰。

蔚遲在吻她！

他吻得很淺，也很快離開。

等燈光亮起，趙莫離對上蔚遲的雙眼，不知那裡面流露出的，是不是就是人們常說的含情脈脈。

「蔚先生，你是真的……喜歡我？」

「是。我蔚遲，喜歡妳，趙莫離。」

趙莫離盯著蔚遲看了一會兒，笑了，說：「蔚先生，你好像一點都不擔心我會拒絕你。是因為你看到的未來裡我接受了你嗎？任何人的未來你都能看到嗎？」

「都能，但我看得很少。」

「為什麼？」

「不想參與過多。」她相信他的話，蔚遲忍不住想伸手撫觸她的臉，他想，這大概就是所謂的情難自禁吧。「暫時的改善對於長遠來說，未必是好事。」

趙莫離心說，虧得自己心態好，被人這麼看著，這麼摸著，還能淡定說話。「是嗎？但我覺得好的事情對未來的影響，總是積極多過消極的。」

「我也希望如此。」蔚遲越發深邃的眸子望著她。

趙莫離被看得終於有些心慌意亂了，但還是故作一派鎮定。「你的相機哪裡來的？」

「我父親留下來的，至於我父親從哪裡得來，他沒有說。他生前一直不允許我們用這臺相機……因為他改變了我母親的未來，卻並沒有得到想要的結果。他臨走前把相機給了我跟蔚藍，說有些事該不該做，自己定奪。我對它興趣不大，蔚藍愛玩，便帶著它到了這裡。」蔚遲沒有一點隱瞞地說道。

他說完想起一件事，自己病好離開她家的隔天，他又去「看」了她的未來。裡面有個畫面，好像就是發生在杯光斛影的今晚。

——「趙小姐，妳好。」

趙莫離看向來人，並不認識，但還是隨和地回握了對方伸出來的手。「你好，你是？」

「我是妳堂哥的朋友。聽妳堂哥說起過妳好幾次，今天總算見到真人了，久仰。」

蔚遲閉了下眼，拉著莫離往外走。

「怎麼了？」

「我帶妳去吃別的。」

等兩人走出大門，蔚遲想到自己的行為，搖頭輕笑了出來。

外面不知何時下起了小雨，雨幕中，燈火熒熒，就如同滿天的星辰都隨雨落到了這塵世裡。

蔚遲目光微動地望著眼前的人。「莫離，妳的未來，我不會讓它有意外。」

這樣的表白，可真是稀奇又動人。

莫離說：「蔚先生，你是真的喜歡我。」她這次說的是肯定句了。

「是，我蔚遲，很喜歡妳。」蔚遲說著，再次低頭親吻了眼前的人，這次蔚先生吻得深了些，顯得繾綣而纏綿，不捨又流連。

第七章

風將記憶吹成花瓣

1

三個月後。

韓鏡走進時光照相館。

他是路過，心情不太好，又不想一個人去辦公室裡待著抽菸，便停車進了照相館。

一進去就看到蔚遲站在比他矮了些許的書架前翻一本書。

「沒生意嗎？這麼冷清。」

蔚遲放下書問：「拍照？」

「不，算命。」韓鏡掃視了眼照相館的布置。「趙莫離說，如果對『未來』很迷茫，可以找你『算命』。」

蔚遲：「……」

韓鏡坐到沙發上問：「需要我的生辰八字嗎？我報給你。」

「不用。」蔚遲泡了一杯茶給他後，坐到了邊上的藤椅上，拿起茶几上擺著的相機。

韓鏡有些疲憊地抹了把臉。「我問姻緣。」

蔚遲將鏡頭對著韓鏡，按下了快門。

——春末夏初的一天。

韓鏡去秋水的工作室把人接了出來吃午餐，吃完午餐後，兩人去了附近的公園散步。

熏風楊柳，荷花池畔。

韓鏡問秋水：「妳要嫁給我嗎？」

「你這是求婚？」

韓鏡見秋水沒有立刻答應，只好引導利誘：「妳想想，嫁給我，好處很多，不是嗎？妳只要說對一個，我就給妳獎勵。」

秋水想了想，答：「我們不用為孩子跟誰姓而爭論？」

那麼一個開放性問題，只要抓住中心思想，怎麼答都是正確答案，偏偏韓秋水就是答錯了。

答錯了的韓秋水，還是被戴上了一枚閃亮的鑽戒。

韓鏡喝了口茶說：「蔚先生，我並不是來拍照的。」

「我知道，你來問姻緣。」

韓鏡笑道：「要看我的面相嗎？或者手相？」說著伸出了左手。「男左女右。」

蔚遲看了眼他的手，又看向他，說了句：「傻人有傻福。」

「你這就算出來了？傻人有傻福？」韓鏡不由拊掌大笑。「蔚先生，你是我有記憶以來第一個說我『傻』的人。如果是十年前，你對我說這句話，我八成會揍你。」

「你未必打得過我。」蔚遲說著，看了眼牆上的鐘。「我要出門了。」

這是叫他可以走了的意思？不過韓鏡也覺得自己的行為無聊，站起來說：「行吧，是傻是痴都無所謂，至少結局聽著是好的就行了。」

趙莫離下班，跟同事們道了再見後走向醫院大門，結果在快到門口時，看到了正站在路邊發呆的向羽（白曉）。

「白曉。」

向羽歪頭看她，隨後燦爛一笑，朝她走過來。

「嗨……美女同事。」

趙莫離見白曉神情有點不同以往，稱呼也換了，只當她心情好。「怎麼不回家？要值班嗎？」

「不想回。」向羽上下打量莫離，覺得此女子實在美好得如旁邊草坪上那棵開滿了粉黃色花朵的結香，亭亭玉立，淡雅大方——簡言之，太像她夢中情人了。「我們關係很好吧？」

「很好的飯友。」趙莫離精闢地總結。

「是嗎？」向羽說著，摟住了莫離的腰，但因為趙莫離高了她十公分，所以看起來有些不倫不類。「那今天，我去妳家吃飯？」

趙莫離有趣地看著向羽的舉動。「可以。」雖然對眼下的情況有點摸不著頭腦，但是她一向隨遇而安。「我高點，還是我摟妳吧？」

大丈夫能屈能伸。「也行。」說著愉悅地貼近她說：「妳皮膚真好。」

「謝謝。」

「用的什麼化妝品啊？」

「我用得挺雜的，同事朋友推薦什麼好用，就用用看。」

「我能摸摸看嗎？」

「隨意。」

向羽伸手摸了一把。「真滑啊。還有，妳身上好香，噴香水了？」

趙莫離看著都要吻上她脖子的人，笑道：「沒噴。醫生上班是不能用香水的，妳也是醫生，妳不知道嗎？」

「……我當然知道，我就是誇妳香呢。」向羽又伸手摸了她的肩膀。「妳這衣服料子真舒服。」

「莫離。」此刻大門外面，從車上下來的蔚遲輕喊了她一聲。

向羽問：「他是妳老公？」

趙莫離望著蔚遲笑道：「未來的。」
向羽覺得這男的雖然一點都不凶，但對上他那雙冷沉的眼睛後，卻有些不敢再亂來。
「算了，我不去妳家吃飯了，不過，我有個小小的夢想，妳能幫忙實現下嗎？」
「哦？妳說說看。」
「我們是好朋友對吧？」
趙莫離含著笑點頭。
之後向羽踮起腳，用迅雷不及掩耳之勢吻了下趙莫離的臉後，丟下一句「圓滿了！妳走吧，我不奪人所好」就跑了。
趙莫離還是第一次被女人親，感覺……真是新鮮。
「莫離。」似未變，又似有些不同的語調。
「嗯嗯，來了。」
等趙莫離上了車，就聽到蔚先生波瀾不驚地說：「妳看起來挺高興。」
她側身觀察蔚遲的表情，笑吟吟地問：「蔚先生是吃醋了嗎？」
「是。」蔚遲很坦誠地承認。「雖然那個人，對於我來說沒有任何的威脅力。」
又直接又孤高的蔚先生啊，趙莫離心想，好想給身邊的人發喜糖。

2

趙莫離的車子被人撞了，要在原廠的經銷保養廠留一週，所以連著幾天，蔚遲都當了她的司機。

本來上下班看到他已是習以為常，然而不到下午三點就看到，不免有些意外。

趙莫離剛從門診大樓那邊過來住院部，在她經過一間病房門口時，就看到唐小年靠在房門口，嚼著口香糖看著房裡的一群小孩，以及房間對面，坐在走廊椅子上的蔚遲。

趙莫離走上去就問：「你們怎麼在這裡？」順著唐小年的視線往病房裡看。

蔚遲走到了趙莫離邊上。「今天很忙？」

「嗯，有點。」趙莫離很機敏，她望著病房裡被很多孩子圍著、笑得很開心的八歲小男孩說：「小風一直住在醫院裡，沒什麼朋友。」

這孩子很乖，也很惹人心疼，因為幾乎常年住院，沒有朋友。他爸爸做生意很忙，很少過來看他，而他媽媽也總是心事重重的樣子，加上不是能說會道的人，除了問孩子餓不餓、難受不難受之外，也很少跟他聊天，所以這孩子總是悶悶不樂。

一些醫護人員時不時過來跟他說說話、送他些小禮物，他會高興，但遠沒現在那麼開心。

她想到蔚遲一向無事不登三寶殿。「蔚先生，這些孩子……不會是你帶來的吧？」

這時唐小年走過來主動解釋說：「趙醫生，妳好。怎麼說呢，老闆讓我給這孩子找些朋友來。我就在網上發了條微博，說了下他的情況。」

「就有這種效果？」趙莫離覺得不可思議。

唐小年：「哦，蔚老闆還花了點錢，讓我找人行銷了下。」

「……」真是簡單粗暴的辦法。

「結果還被媒體報導出去了，這也是出乎意料的。」唐小年說。「今天過來看情況，果然，挺好的。」

趙莫離看著房裡有穿成蜘蛛人的小朋友在陪小風玩，想起他說他很喜歡那些英雄，什麼蜘蛛人、超人之類的。

「你怎麼——」她想問蔚遲怎麼知道的？又為什麼要這麼做？

「前天等妳時，看到他，他跟我『說』的。」蔚遲說。以前他很少把那臺相機拿出照相館，現在卻經常帶在身邊了。

而這個小孩喜歡英雄，是因為英雄被所有人記住，被小朋友崇拜。

當他看到電視上有人因死後捐掉自己的器官而被人喜歡和欽佩，他也讓他母親將來把他所有可以捐的器官都捐了。

後來，很多人看到他的報導，心疼他也佩服他，便去探視他的母親，捐款，致

敬，也有學生送花，那些孩子覺得他了不起。

他母親說，如果他還活著，知道有那麼多人願意跟他做朋友、喜歡他，他一定很高興——這是他從他母親身上看到的未來。

路過的醫生跟護理師看到那個每天病懨懨的孩子興奮又雀躍的樣子，都會停下來朝他說一句：「小風，今天那麼高興啊。」

「是啊！我有好多好朋友了！」

沒人知道這是門口那個嚼口香糖的高眺少年和穿白襯衫的男子促成的。

而這期間趙莫離也被同事們大同小異地打趣：「趙醫生，蔚先生今天這麼早來接妳啊？」

她毫無壓力地一一點頭。

趙莫離還有工作，不能久留，所以沒站多久。她說：「我要去忙了，你們——」

蔚遲回：「我回照相館。晚點來接妳。」

「好。」莫離又小聲對蔚遲跟唐小年說：「雖然我不是小風的親人，但還是想說一句，謝謝你們了。」

唐小年道：「不用。」這事做得他自己也挺舒心滿足的。

等趙莫離一走，唐小年就跟蔚遲說：「老闆，如果這事不是發生在趙醫生的醫院，你大概就不來看『效果』了吧？」

蔚遲：「自然。」

唐小年對這麼肯定的答案一點都不意外。他看著先行往樓梯走去的蔚遲，斷然道：「但你還是會幫吧。」

是，他還是會這麼做。

把這個孩子該經歷到而沒能經歷到的提前，哪怕結局無法改變。

就好比唐雲深和張起月——

唐的東西，本是放在抽屜的底板下方，待趙家老宅拆遷才被趙莫離發現，那時，張已經離世。

他把東西找出來，放在了她能發現的地方。

老人的結局是不變的合葬，改變的只是一點人的心境。

但蔚遲依然無法斷定，這樣做是否正確。

走出住院部後，唐小年雙手插在褲袋中走到蔚遲身邊又問：「老闆，我覺得我們照相館，叫命運照相館更合適。你看別人的未來，然後去改變他們的命運。」

唐小年的視線從對面走來的人臉上一一掃過。「雖然有些命運，怎麼努力也無法改變，但即便如此，中間的過程也是有意義的。我現在很慶幸，之前我沒有放棄。」

蔚遲看到跟同事說笑著走進一幢樓裡的白曉。

「那就好。」

走出醫院門口時，蔚遲看到了從公車上下來的夏初，唐小年難得帶著點不好意思地說：「老闆，我不跟你回照相館了。」

蔚遲無所謂地「嗯」了聲。

唐小年快步走到夏初身邊，說：「不是說好了，我去找妳嗎？」

夏初巧笑嫣兮道：「我想早點見你嘛。」

她說著，朝蔚遲搖了下手。「蔚老闆，再見。」

蔚遲點了下頭。

夏初拉著唐小年上了公車坐下後，便習慣地靠在了他肩膀上。車子開動後，她看了會兒窗外層層疊疊、深深淺淺的黃和綠，又回頭看身邊的人。

正好有陽光照在他的臉上，夏初想起很久之前，他幫她修車的那一天，他蹲在她車前，陽光透過樹的枝葉落在他身上，她多想回到那個時候，一分一秒都不浪費地跟他說：「小年啊，我們現在就在一起吧。」

夏初伸出手要碰他的睫毛。「小年啊，你的睫毛真長，像兩把小扇子。」

唐小年抓住她的手，說：「別動手動腳的。」

「可是我好喜歡你，所以總忍不住想碰碰你。」

唐小年說了聲「好」後，直接靠過來親了下她的額頭。

夏初瞬間滿臉通紅，眼中熠熠生輝。「你、在公車上呢，你注意點形象。」接著又極小聲地補充：「等會兒我要找個沒人的地方沒有形象地親回來。」

唐小年縱容地說：「隨妳高興。」

夏初笑吟吟道：「你真好。」

外面風輕日暖，你在身邊，這樣的時光，哪怕只是看到一隻螞蟻經過，她都覺得珍貴而快樂。

3

又三個月後的夏日午後，熱氣蒸騰，街邊行人稀少，但兩旁的法國梧桐繁茂蔥郁，伸展的枝葉形成一個天然的頂蓋，倒是隔絕出了一方相對清涼的淨土。

一個身穿墨綠色裙子的年輕女子，走到了臨近街尾處的照相館，她眉眼帶笑，手上拎著一個籠子，籠子裡有隻翠藍色的鳥。

在打掃的向姊看著她問：「要拍照嗎？老闆出去了。」

「不拍照。」女子心道，事實上，這店還是我開的。「我找老闆……敘舊。我等他，妳忙吧。」

向姊便不再理她，女子則將鳥籠放在了茶几上後，自在地四處打量。

蔚遲進門時，便聽到了一聲鳥鳴聲，隨後他看到了籠子裡的琉璃鳥，以及坐在沙發裡正在剝橘子吃的蔚藍。

蔚藍笑容粲然。「我的偶像大人，好久不見，我來送小花給你。」

向姊看時間差不多了，跟蔚遲說：「老闆，沒事我先下班了。」

「好。」

等向姊離開，蔚遲走到藤椅邊坐下，打開了鳥籠，小花飛了出來，停在書架上。他這才看向蔚藍說：「送完了，就回去吧。」

蔚藍當沒聽到，看著他手上拿著的相機，說：「他說要帶我去雪山上看日出，去聽音樂會，看煙火，牽著我的手逛街，買給我我想要的每一樣東西。可它卻告訴我，這些不過是他不可靠的甜言蜜語，我當時，真的差一點就想把這相機扔下山崖了……」結果她還沒丟它，它卻自己不見了，她當時真覺得這相機裡是不是有靈魂之類的東西。

蔚藍笑了下，又說：「你找到我的時候，跟我說情愛不過是過眼雲煙的東西，訓我沒用。沒想到，如今你自己卻深陷了進去。」

蔚遲看了她一眼。

蔚藍聲音小了點：「你可以說我，我就不能說說你嗎？」

「不能。」

兄長不可侵犯的威儀還真是一點都沒減。「那我講莫離的事，你要聽嗎？」

蔚遲沒答。

能在哥哥面前占一回上風，著實不易，蔚藍心情頗好地說：「我當時遇到莫離，看到她的未來，好多都是跟你在一起的畫面，驚訝得不行，我就忍不住想多瞭解她，於是跟她聊了一路。但我知道，不管你有沒有看到她的未來，都會避免她出意外，而你則會回到家鄉，然而你卻一直沒有回。當我知道一向不喜歡大城市的你確定要留在這裡時，那感覺就好比，看到一個最最乖的小孩，做了一件最最出格的事情，簡直讓人大跌眼鏡。」

「我依然是我。曾經，我只想把該做的事情做好，現在同樣是，不同的是，要做的事變了而已。」蔚遲溫聲說道：「蔚藍，我在這裡很好。」

「嗯，我知道。」蔚藍微笑著說。「在火車上時，我曾看到過一幕，你有麻煩，具體是什麼，我沒看清，但莫離為你，也是不顧生死的。當然，你也是如此，沒有讓她喪生在火災裡。我相信，以後你們也都能化險為夷。所以，我來是送小花給你的，而不是勸你回去。我乖不乖？」

她沒有說的是，自己大半時間也並不在家鄉，而是在世界各地走動——拍照，也寫書，接下來她打算去敦煌。

蔚遲伸手摸了下妹妹的頭，說：「妳也別太野了。」

她哥哥是能用眼睛看見未來了嗎？蔚藍笑而不語，又說：「哥，你以後打算一直拍照嗎？」她總覺得這樣有點浪費了她哥哥的聰明才智。

「還有什麼是比改變別人的人生，更有難度的事？」

蔚藍看著她哥，又看了看擺在茶几上的相機——連著紅色的繩子。

「也是，沒有比這更難的事了。」

蔚藍因為有別的安排，沒有久留，所以沒能跟正在外出差的趙莫離碰上面。

趙莫離去外市參加了兩天研討會，回來時正是晚霞滿天時，暑氣已經散去，陣陣涼風吹來，帶著八月的桂花香。

她停好車，朝照相館走，然後她就看到了從照相館走出來的蔚遲。她走近他說：「怎麼了？看著我不說話，兩天不見就不認識我了？」

蔚遲目光輕柔似水，輕輕漾著。

「蒙妳眷愛，沒世難忘。」

4 番外

關於蔚先生第一次遇到莫離、按下快門時，見到的其中一段未來：

大雪後的天格外澄明，整座山上都是厚厚的白，閃得人睜不開眼。

山上原有的痕跡彷彿全然湮沒，茫茫天地就只剩下蒼松和白雪，偶爾從樹上跌落的雪塊，在噗的一聲之後，再無聲息。

莫離一步步艱難地沿著一條被登山者踏出來的小路往上走，他讓她在山下等，可天黑了，她依然沒看到他下來，左思右想之下，她也上了山。

她終於在天黑之前找到了他，她踩著厚厚的雪向他跑過來。「蔚先生，你受傷了！」

這是他第二次上山，沒想到居然出了意外，一時不慎，從一處陡坡滑落，右腿被堅石劃出了一條又長又深的口子。

他簡單包紮後從山頂下來，因為失血有些頭暈，不得不在半路停下休息。

「幸好我明智，帶了急救用品。」她處理了他的傷口，隨後把外套脫下來要披在他身上。

他想阻止，但意識漸漸薄弱，等他從那種混沌的狀態裡清醒過來，天已經黑下，周圍一片寂靜。

她正抱膝坐在他身邊。

寂靜無聲的天地間只剩下他們兩個人。

關於拉燈蓋棉被事件——

莫離：「蔚先生，你幹麼一直看著我？」

蔚遲：「之前看到一點……不知道該不該做的未來。」

莫離：「不好的事？」

蔚遲：「好事。」

莫離：「好事為什麼不做？」

「也是。」蔚遲淺笑，抬起她的下巴，輕輕吻住了她的嘴。

莫離心口又如小鹿亂撞，甜蜜欣喜地閉上眼。

一吻完畢，莫離眼睛璀璨地看著他。「這就是未來要做的？」

蔚遲：「這是開頭，後面的，先不預支了。」

莫離：「……」

關於韓鏡第二次被輕視智商：

莫離：「他就跟我爸聊了次天而已，僅僅一次，我爸就……完全接受了他，你信嗎？」

韓鏡：「以你爸的老謀深算和防範心，確實有點難以置信。」

莫離：「前兩天，我爸還讓他去公司裡，一上去就是做高層，我大堂哥奮鬥了多

少年才做到小趙總。」
韓鏡：「覺得他恐怖？」
「不是！厲害，太厲害了，我太佩服了。」莫離感嘆完，又說：「本來我跟我爸說他有自己的工作，讓我爸別支使他，反正大堂哥、二堂哥他們也都是有識之士，將來給他們管理就行。結果蔚先生說，他做什麼無所謂。除了愛吃偏甜的食物，他好像對什麼都無所謂似的，真不知道他喜歡什麼。」
韓鏡：「他不是喜歡妳嗎？我好奇的是，蔚遲這樣冷淡的一個人，你們性生活──」
莫離：「……知道我為什麼穿高領嗎？這六月天裡。」
韓鏡：「哦，我還以為是妳被熱傻了呢。」
蔚遲從外面回來。
韓鏡：「蔚先生，你未來岳父，不是讓你試著管理公司嗎？這階段不應該這麼空吧？」
「每個人能力不同。」蔚遲不帶歧視地說。「你覺得需要花很多時間，我不用。」
韓鏡：「……」
他語氣裡還真沒半點歧視，而是如實說，韓鏡卻覺得，比明著歧視他還氣人啊。

「蔚先生，以後打算從商了？」
蔚遲：「不，業餘。」
韓鏡：「……」

關於蔚先生的穿衣風格和小花躺槍：
莫離：「蔚先生，你好像很喜歡穿淺色衣服？」
蔚遲：「曾有人跟我說合適。」
這種話多半是女的說的。莫離並不想去翻過往吃陳年老醋，便轉移目標看著小花說：「如果我跟小花掉進水裡，你先救誰？」
「我會救妳。」
還沒等莫離因打敗寵物而開心，就聽到蔚遲語帶笑意道：「小花會飛。」
「……」
蔚遲將她的手拉起，輕輕放在自己的胸口。
「我會救妳，一生替妳承災，保妳安泰。」

願你走進 我的餘生

作　　者／顧西爵
封面插畫／度薇年
內頁插畫／小石頭
發 行 人／黃鎮隆
副總經理／陳君平
副　　理／洪琇菁
執行編輯／陳昭燕、許晶翎
美術監製／沙雲佩
美術編輯／陳又荻
國際版權／黃令歡、梁名儀
企劃宣傳／邱小祐、劉宜蓉
文字校對／施亞蒨
內文排版／謝青秀

國家圖書館出版品預行編目資料

願你走進我的餘生 / 顧西爵作 . -- 初版 . --
臺北市：尖端，2019. 06
面；　公分

ISBN 978-957-10-8462-6（平裝）

857.7　　107020672

出版／城邦文化事業股份有限公司　尖端出版
台北市 104 中山區民生東路二段 141 號 10 樓
電話：（02）2500-7600　傳真：（02）2500-2683
讀者服務信箱：7novels@mail2.spp.com.tw
發行／英屬蓋曼群島商家庭傳媒股份有限公司城邦分公司　尖端出版
台北市 104 中山區民生東路二段 141 號 10 樓
電話：（02）2500-7600　傳真：（02）2500-1979
劃撥專線：（03）312-4212
戶名：英屬蓋曼群島商家庭傳媒（股）公司城邦分公司
劃撥帳號：50003021
※ 劃撥金額未滿 500 元，請加付掛號郵資 50 元
法律顧問／王子文律師　元禾法律事務所　台北市羅斯福路三段 37 號 15 樓

台灣地區總經銷／中彰投以北（含宜花東）　楨彥有限公司
電話：（02）8919-3369　　傳真：（02）8914-5524
雲嘉以南　威信圖書有限公司
（嘉義公司）電話：0800-028-028　　傳真：（05）233-3863
（高雄公司）電話：0800-028-028　　傳真：（07）373-0087
馬新地區總經銷／城邦（馬新）出版集團 Cite（M）Sdn Bhd
電話：603-9057-8822　　傳真：603-9057-6622
E-mail：cite@cite.com.my
香港地區總經銷／城邦（香港）出版集團 Cite（H.K.）Publishing Group Limited
電話：852-2508-6231　　傳真：852-2578-9337
E-mail：hkcite@biznetvigator.com

版　次／2019 年 6 月 1 版 1 刷　Printed in Taiwan
2020 年 9 月 1 版 2 刷